ARTHUR SCHNITZLER

LEUTNANT GUSTL
FRÄULEIN ELSE

Novellen

HAMBURGER LESEHEFTE VERLAG
HUSUM/NORDSEE

Leutnant Gustl

Wie lang wird denn das noch dauern? Ich muss auf die Uhr schauen ... schickt sich wahrscheinlich nicht in einem so ernsten Konzert. Aber wer sieht's denn? Wenn's einer sieht, so passt er gerade so wenig auf wie ich, und vor dem brauch ich mich nicht zu genieren ... Erst Viertel auf zehn? ... Mir kommt vor, ich sitz schon drei Stunden in dem Konzert. Ich bin's halt nicht gewohnt ... Was ist es denn eigentlich? Ich muss das Programm anschauen ... Ja, richtig: Oratorium! Ich hab gemeint: Messe. Solche Sachen gehören doch nur in die Kirche! Die Kirche hat auch das Gute, dass man jeden Augenblick fortgehen kann. – Wenn ich wenigstens einen Ecksitz hätt! – Also Geduld, Geduld! Auch Oratorien nehmen ein End! Vielleicht ist es sehr schön, und ich bin nur nicht in der Laune. Woher sollt mir auch die Laune kommen? Wenn ich denke, dass ich hergekommen bin, um mich zu zerstreuen ... Hätt ich die Karte lieber dem Benedek geschenkt, dem machen solche Sachen Spaß; er spielt ja selber Violine. Aber da wär der Kopetzky beleidigt gewesen. Es war ja sehr lieb von ihm, wenigstens gut gemeint. Ein braver Kerl, der Kopetzky! Der Einzige, auf den man sich verlassen kann ... Seine Schwester singt ja mit unter denen da oben. Mindestens hundert Jungfrauen, alle schwarz gekleidet; wie soll ich sie da herausfinden? Weil sie mitsingt, hat er auch das Billett gehabt, der Kopetzky ... Warum ist er denn nicht selber gegangen? – Sie singen übrigens sehr schön. Es ist sehr erhebend – sicher! Bravo! Bravo! ... Ja, applaudieren wir mit. Der neben mir klatscht wie verrückt. Ob's ihm wirklich so gut gefällt? – Das Mädel drüben in der Loge ist sehr hübsch. Sieht sie mich an oder den Herrn dort mit dem blonden Vollbart? ... Ah, ein Solo! Wer ist das? Alt: Fräulein Walker, Sopran: Fräulein Michalek ... das ist wahrscheinlich Sopran ... Lang war ich schon nicht in der Oper. In der Oper unterhalt ich mich immer, auch wenn's langweilig ist. Übermorgen könnt ich eigentlich wieder hineingehn, zur ‚Traviata'. Ja, übermorgen bin ich vielleicht schon eine tote Leiche! Ah, Unsinn, das glaub ich selber nicht! Warten S' nur, Herr Doktor, Ihnen wird's vergehn, solche Bemerkungen zu machen! Das Nasenspitzel hau ich Ihnen herunter ...

Wenn ich die in der Loge nur genau sehen könnt! Ich möcht mir den Operngucker von dem Herrn neben mir ausleihn, aber der frisst mich ja auf, wenn ich ihn in seiner Andacht stör ... In welcher Gegend die Schwester vom Kopetzky steht? Ob ich sie erkennen möcht? Ich hab sie ja nur zwei- oder dreimal gesehen, das letzte Mal im Offizierskasino ... Ob das lauter anständige Mädeln sind, alle hundert? O jeh! ... „Unter Mitwirkung des Singvereins"! – Singverein ... komisch! Ich hab mir darunter eigentlich immer so was Ähnliches vorgestellt wie die Wiener Tanzsängerinnen, das heißt, ich hab schon gewusst, dass es was anderes ist! ... Schöne Erinnerungen! Damals beim ‚Grünen Tor' ... Wie hat sie nur geheißen? Und dann hat sie mir einmal eine Ansichtskarte aus Belgrad geschickt ... Auch eine schöne Gegend! – Der Kopetzky hat's gut, der sitzt jetzt längst im Wirtshaus und raucht seine Virginia! ... Was guckt mich denn der Kerl dort immer an? Mir scheint, der merkt, dass ich mich langweil und nicht herg'hör ... Ich möcht Ihnen raten, ein etwas weniger freches Gesicht zu machen, sonst stell ich Sie mir nachher im Foyer! – Schaut schon weg! ... Dass sie alle vor meinem Blick so eine Angst hab'n ... „Du hast die schönsten Augen, die mir je vorgekommen sind!", hat neulich die Steffi gesagt ... O Steffi, Steffi, Steffi! – Die Steffi ist eigentlich schuld, dass ich dasitz und mir stundenlang vorlamentieren lassen muss. – Ah, diese ewige Abschreiberei von der Steffi geht mir wirklich schon auf die Nerven! Wie schön hätt der heutige Abend sein können. Ich hätt große Lust, das Brieferl von der Steffi zu lesen. Da hab ich's ja. Aber wenn ich die Brieftasche herausnehm, frisst mich der Kerl daneben auf. – Ich weiß ja, was drinsteht ... sie kann nicht kommen, weil sie mit „ihm" nachtmahlen gehen muss ... Ah, das war komisch vor acht Tagen, wie sie mit ihm in der Gartenbaugesellschaft gewesen ist, und ich vis-à-vis mit'm Kopetzky; und sie hat mir immer die Zeichen gemacht mit den Augerln, die verabredeten. Er hat nichts gemerkt – unglaublich! Muss übrigens ein Jud sein! Freilich, in einer Bank ist er, und der schwarze Schnurrbart ... Reserveleutnant soll er auch sein! Na, in mein Regiment sollt er nicht zur Waffenübung kommen! Überhaupt, dass sie noch immer so viel Juden zu Offizieren machen – da pfeif ich aufn ganzen Antisemitismus! Neulich in der Gesellschaft, wo die G'schicht mit dem Doktor passiert ist bei den Mannheimers ... die Mannheimer selber sollen ja auch Juden sein, getauft natürlich ... denen merkt man's aber gar nicht an – besonders die Frau ... so blond, bildhübsch die Figur ... War sehr amüsant im Ganzen. Famoses Essen, großartige Zigarren ... Na ja, wer hat's Geld? ...

Bravo, bravo! Jetzt wird's doch bald aus sein? – Ja, jetzt steht die ganze G'sellschaft da droben auf ... sieht sehr gut aus – imposant! – Orgel auch? ... Orgel hab ich sehr gern ... So, das lass ich mir g'falln – sehr schön! Es ist wirklich wahr, man sollt öfter in Konzerte gehen ... Wunderschön ist's g'wesen, werd ich dem Kopetzky sagen ... Werd ich ihn heut im Kaffeehaus treffen? – Ah, ich hab gar keine Lust, ins Kaffeehaus zu gehn; hab mich gestern so gegiftet! Hundertsechzig Gulden auf einem Sitz verspielt – zu dumm! Und wer hat alles gewonnen? Der Ballert, grad der, der's nicht notwendig hat ... Der Ballert ist eigentlich schuld, dass ich in das blöde Konzert hab gehn müssen ... Na ja, sonst hätt ich heut wieder spielen können, vielleicht doch was zurückgewonnen. Aber es ist ganz gut, dass ich mir selber das Ehrenwort gegeben hab, einen Monat lang keine Karte anzurühren ... Die Mama wird wieder ein G'sicht machen, wenn sie meinen Brief bekommt! –

Ah, sie soll zum Onkel gehn, der hat Geld wie Mist; auf die paar hundert Gulden kommt's ihm nicht an. Wenn ich's nur durchsetzen könnt, dass er mir eine regelmäßige Sustentation gibt ... aber nein, um jeden Kreuzer muss man extra betteln. Dann heißt's wieder: Im vorigen Jahr war die Ernte schlecht! ... Ob ich heuer im Sommer wieder zum Onkel fahren soll auf vierzehn Tag'? Eigentlich langweilt man sich dort zum Sterben ... Wenn ich die ... wie hat sie nur geheißen? ... Es ist merkwürdig, ich kann mir keinen Namen merken! ... Ah, ja: Etelka! ... Kein Wort Deutsch hat sie verstanden, aber das war auch nicht notwendig ... hab gar nichts zu reden brauchen! ... Ja, es wird ganz gut sein, vierzehn Tage Landluft und vierzehn Nächt' Etelka oder sonst wer ... Aber acht Tag' sollt ich doch auch wieder beim Papa und bei der Mama sein ... Schlecht hat sie ausg'sehn heuer zu Weihnachten ... Na, jetzt wird die Kränkung schon überwunden sein. Ich an ihrer Stelle wär froh, dass der Papa in Pension gegangen ist. – Und die Klara wird schon noch einen Mann kriegen ... Der Onkel kann schon was hergeben ... Achtundzwanzig Jahr', das ist doch nicht so alt ... Die Steffi ist sicher nicht jünger ... Aber es ist merkwürdig: Die Frauenzimmer erhalten sich länger jung. Wenn man so bedenkt: die Maretti neulich in der ‚Madame Sans-Gêne' – siebenunddreißig Jahr' ist sie sicher, und sieht aus ... Na, ich hätt nicht Nein g'sagt! – Schad, dass sie mich nicht g'fragt hat ...

Heiß wird's! Noch immer nicht aus? Ah, ich freu mich so auf die frische Luft! Werd ein bissl spazieren gehn, übern Ring ... Heut heißt's: Früh ins Bett, morgen Nachmittag frisch sein! Komisch, wie wenig ich daran denk, so egal ist mir das! Das erste Mal hat's mich doch ein bissl aufgeregt. Nicht, dass ich Angst g'habt hätt; aber nervös bin ich gewesen in der Nacht vorher ... Freilich, der Oberleutnant Bisanz war ein ernster Gegner. – Und doch, nichts ist mir g'schehn! ... Auch schon anderthalb Jahr' her. Wie die Zeit vergeht! Und wenn mir der Bisanz nichts getan hat, der Doktor wird mir schon gewiss nichts tun! Obzwar, gerade diese ungeschulten Fechter sind manchmal die gefährlichsten. Der

Doschintzky hat mir erzählt, dass ihn ein Kerl, der das erste Mal einen Säbel in der Hand gehabt hat, auf ein Haar abgestochen hätt; und der Doschintzky ist heut Fechtlehrer bei der Landwehr. Freilich – ob er damals schon so viel können hat … Das Wichtigste ist: kaltes Blut. Nicht einmal einen rechten Zorn hab ich mehr in mir, und es war doch eine Frechheit – unglaublich! Sicher hätt er sich's nicht getraut, wenn er nicht Champagner getrunken hätt vorher … So eine Frechheit! Gewiss ein Sozialist! Die Rechtsverdreher sind doch heutzutag alle Sozialisten! Eine Bande … am liebsten möchten sie gleich 's ganze Militär abschaffen; aber wer ihnen dann helfen möcht, wenn die Chinesen über sie kommen, daran denken sie nicht. Blödisten! – Man muss gelegentlich ein Exempel statuieren. Ganz Recht hab ich g'habt. Ich bin froh, dass ich ihn nimmer auslassen hab nach der Bemerkung. Wenn ich dran denk, werd ich ganz wild! Aber ich hab mich famos benommen; der Oberst sagt auch, es war absolut korrekt. Wird mir überhaupt nützen, die Sache. Ich kenn manche, die den Burschen hätten durchschlüpfen lassen. Der Müller sicher, der wär wieder objektiv gewesen oder so was. Mit dem Objektivsein hat sich noch jeder blamiert … „Herr Leutnant!" … schon die Art, wie er „Herr Leutnant" gesagt hat, war unverschämt! … „Sie werden mir doch zugeben müssen" … – Wie sind wir denn nur drauf gekommen? Wieso hab ich mich mit dem Sozialisten in ein Gespräch eingelassen? Wie hat's denn nur angefangen? … Mir scheint, die schwarze Frau, die ich zum Büfett geführt hab, ist auch dabei gewesen … und dann dieser junge Mensch, der die Jagdbilder malt – wie heißt er denn nur? … Meiner Seel, der ist an der ganzen Geschichte schuld gewesen! Der hat von den Manövern geredet; und dann erst ist dieser Doktor dazugekommen und hat irgendwas g'sagt, was mir nicht gepasst hat, von Kriegsspielerei oder so was – aber wo ich noch nichts hab reden können … Ja, und dann ist von den Kadettenschulen gesprochen worden … ja, so war's … und ich hab von einem patriotischen Fest erzählt … und dann hat der Doktor gesagt – nicht gleich, aber aus dem Fest hat es sich entwickelt – „Herr Leutnant, Sie werden mir doch zugeben, dass nicht alle Ihre Kameraden zum Militär gegangen sind, ausschließlich um das Vaterland zu verteidigen!" So eine Frechheit! Das wagt so ein Mensch einem Offizier ins Gesicht zu sagen! Wenn ich mich nur erinnern könnt, was ich drauf geantwortet hab? … Ah ja, etwas von Leuten, die sich in Dinge dreinmengen, von denen sie nichts verstehn … Ja, richtig … und dann war einer da, der hat die Sache gütlich beilegen wollen, ein älterer Herr mit einem Stockschnupfen … Aber ich war zu wütend! Der Doktor hat das absolut in dem Ton gesagt, als wenn er direkt mich gemeint hätt. Er hätt nur noch sagen müssen, dass sie mich aus dem Gymnasium hinausg'schmissen haben und dass ich deswegen in die Kadettenschul gesteckt worden bin ... Die Leut' können eben unserein'n nicht verstehn, sie sind zu dumm dazu ... Wenn ich mich so erinner, wie ich das erste Mal den Rock angehabt hab, so was erlebt eben nicht ein jeder ... Im vorigen Jahr bei den Manövern – ich hätt was drum gegeben, wenn's plötzlich Ernst gewesen wär ... Und der Mirovic hat mir g'sagt, es ist ihm ebenso gegangen. Und dann, wie Seine Hoheit die Front abgeritten sind, und die Ansprache vom Obersten – da muss einer schon ein ordentlicher Lump sein, wenn ihm das Herz nicht höher schlägt ... Und da kommt so ein Tintenfisch daher, der sein Lebtag nichts getan hat, als hinter den Büchern gesessen, und erlaubt sich eine freche Bemerkung! ... Ah, wart nur, mein Lieber – bis zur Kampfunfähigkeit ... jawohl, du sollst so kampfunfähig werden ...

Ja, was ist denn? Jetzt muss es doch bald aus sein? ... „Ihr, seine Engel, lobet den Herrn" ... – Freilich, das ist der Schlusschor ... Wunderschön, da kann man gar nichts sagen. Wunderschön! – Jetzt hab ich ganz die aus der Loge vergessen, die früher zu kokettieren angefangen hat. Wo ist sie denn? ... Schon fortgegangen ... Die dort scheint auch sehr nett zu sein ... Zu dumm, dass ich keinen Operngucker bei mir hab! Der Brunnthaler ist ganz gescheit, der hat sein Glas immer im Kaffeehaus bei der Kassa liegen, da kann einem nichts g'schehn ... Wenn sich die Kleine da vor mir nur einmal umdrehn möcht! So brav sitzt s' alleweil da. Das neben ihr ist sicher die Mama. – Ob ich nicht doch einmal ernstlich ans Heiraten denken soll? Der Willy war nicht älter als ich, wie er hineingesprungen ist. Hat schon was für sich, so immer gleich ein hübsches Weiberl zu Haus vorrätig zu haben ... Zu dumm, dass die Steffi grad heut keine Zeit hat! Wenn ich wenigstens wüsste, wo sie ist, möcht ich mich wieder vis-à-vis von ihr hinsetzen. Das wär eine schöne G'schicht, wenn ihr der draufkommen möcht, da hätt ich sie am Hals ... Wenn ich so denk, was dem Fließ sein Verhältnis mit der Winterfeld kostet! Und dabei betrügt sie ihn hinten und vorn. Das nimmt noch einmal ein Ende mit Schrecken ... Bravo, bravo! Ah, aus! ... So, das tut wohl, aufstehn können, sich rühren ... Na, vielleicht! Wie lang wird der da noch brauchen, um sein Glas ins Futteral zu stecken?

„Pardon, pardon, wollen mich nicht hinauslassen?" ...

Ist das ein Gedränge! Lassen wir die Leut' lieber vorbeipassieren ... Elegante Person ... ob das echte Brillanten sind? ... Die da ist nett ... Wie sie mich anschaut! ... O ja, mein Fräulein, ich möchte schon! ... Oh, die Nase! – Jüdin ... Noch eine ... Es ist doch fabelhaft, da sind auch die Hälfte Juden ... nicht einmal ein Oratorium kann man mehr in Ruhe genießen ... So, jetzt schließen wir uns an ... Warum drängt denn der Idiot hinter mir? Das werd ich ihm abgewöhnen ... Ah, ein älterer Herr! ... Wer grüßt mich denn dort von drüben? ... Habe die Ehre, habe die Ehre! Keine Ahnung hab ich, wer das ist ... Das Einfachste wär, ich ging gleich zum Leidinger hinüber nachtmahlen ... oder soll ich in die Gartenbaugesellschaft? Am End ist die Steffi auch dort? Warum hat sie mir eigentlich nicht geschrieben, wohin sie mit ihm geht? Sie wird's selber noch nicht gewusst haben. Eigentlich schrecklich, so eine abhängige Existenz ... Armes Ding! – So, da ist der Ausgang ... Ah, die ist aber bildschön! Ganz allein? Wie sie mich anlacht. Das wär eine Idee, der geh ich nach! ... So, jetzt die Treppen hinunter: Oh, ein Major von Fünfundneunzig ... Sehr liebenswürdig hat er gedankt ... Bin doch nicht der einzige Offizier herin gewesen ... Wo ist denn das hübsche Mädel? Ah, dort ... am Geländer steht sie ... So, jetzt heißt's noch zur Garderobe ... Dass mir die Kleine nicht auskommt ... Hat ihm schon! So ein elender Fratz! Lasst sich da von einem Herrn abholen, und jetzt lacht sie noch auf mich herüber! – Es ist doch keine was wert ... Herrgott, ist das ein Gedränge bei der Garderobe! ... Warten wir lieber noch ein bisserl ... So! Ob der Blödist meine Nummer nehmen möcht? ...

„Sie, zweihundertvierundzwanzig! Da hängt er! Na, hab'n Sie keine Augen? Da hängt er! Na, Gott sei Dank! ... Also bitte!" ...

Der Dicke da verstellt einem schier die ganze Garderobe ... „Bitte sehr!" ...

„Geduld, Geduld!"

Was sagt der Kerl?

„Nur ein bisserl Geduld!"

Dem muss ich doch antworten ... „Machen Sie doch Platz!"

„Na, Sie werden's auch nicht versäumen!"

Was sagt er da? Sagt er das zu mir? Das ist doch stark! Das kann ich mir nicht gefallen lassen! „Ruhig!"

„Was meinen Sie?"

Ah, so ein Ton! Da hört sich doch alles auf!

„Stoßen Sie nicht!"

„Sie, halten Sie das Maul!" Das hätt ich nicht sagen sollen, ich war zu grob ... Na, jetzt ist's schon g'schehn!

„Wie meinen?"

Jetzt dreht er sich um ... Den kenn ich ja! – Donnerwetter, das ist ja der Bäckermeister, der immer ins Kaffeehaus kommt ... Was macht denn der da? Hat sicher auch eine Tochter oder so was bei der Singakademie … Ja, was ist denn das? Ja, was macht er denn? Mir scheint gar … ja, meiner Seel, er hat den Griff von meinem Säbel in der Hand … Ja, ist der Kerl verrückt?. .. „Sie, Herr …"

„Sie, Herr Leutnant, sein S' jetzt ganz stad."

Was sagt er da? Um Gottes willen, es hat's doch keiner gehört? Nein, er red't ganz leise … Ja, warum lasst er denn meinen Säbel net aus? … Herrgott noch einmal … Ah, da heißt's rabiat sein … ich bring seine Hand vom Griff nicht weg … nur keinen Skandal jetzt! … Ist nicht am End der Major hinter mir? … Bemerkt's nur niemand, dass er den Griff von meinem Säbel hält? Er red't ja zu mir! Was red't er denn?

„Herr Leutnant, wenn Sie das geringste Aufsehen machen, so zieh ich den Säbel aus der Scheide, zerbrech ihn und schick die Stück' an Ihr Regimentskommando. Verstehn Sie mich, Sie dummer Bub?"

Was hat er g'sagt? Mir scheint, ich träum! Red't er wirklich zu mir? Ich sollt was antworten … Aber der Kerl macht ja Ernst – der zieht wirklich den Säbel heraus. Herrgott – er tut's! … Ich spür's, er reißt schon dran! Was red't er denn? … Um Gottes willen, nur kein Skandal – Was red't er denn noch immer?

„Aber ich will Ihnen die Karriere nicht verderben … Also, schön brav sein! … So, hab'n S' keine Angst, 's hat niemand was gehört … es ist schon alles gut … so! Und damit keiner glaubt, dass wir uns gestritten haben, werd ich jetzt sehr freundlich mit Ihnen sein! – Habe die Ehre, Herr Leutnant, hat mich sehr gefreut – habe die Ehre!"

Um Gottes willen, hab ich geträumt? … Hat er das wirklich gesagt? … Wo ist er denn? … Da geht er … Ich müsst ja den Säbel ziehen und ihn zusammenhauen – Um Gottes willen, es hat's doch niemand gehört? … Nein, er hat ja nur ganz leise geredet, mir ins Ohr … Warum geh ich denn nicht hin und hau ihm den Schädel auseinander? … Nein, es geht ja nicht, es geht ja nicht … gleich hätt ich's tun müssen … Warum hab ich's denn nicht gleich getan? … Ich hab's ja nicht können … er hat ja den Griff nicht auslassen, und er ist zehnmal stärker als ich … Wenn ich noch ein Wort gesagt hätt, hätt er mir wirklich den Säbel zerbrochen … Ich muss ja noch froh sein, dass er nicht laut geredet hat! Wenn's ein Mensch gehört hätt, so müsst ich mich ja stante pede erschießen … Vielleicht ist es doch ein Traum gewesen … Warum schaut mich denn der Herr dort an der Säule so an? – Hat der am End was gehört? … Ich werd ihn fragen … Fragen? – Ich bin ja verrückt! – Wie schau ich denn aus? – Merkt man mir was an? – Ich muss ganz blass sein. – Wo ist der Hund? … Ich muss ihn umbringen! … Fort ist er … Überhaupt schon ganz leer … Wo ist denn mein Mantel? … Ich hab ihn ja schon angezogen … Ich hab's gar nicht gemerkt … Wer hat mir denn geholfen? … Ah, der da … dem muss ich ein Sechserl geben … So! … Aber was ist denn das? Ist es denn wirklich geschehn? Hat wirklich einer so zu mir geredet? Hat mir wirklich einer „dummer Bub" gesagt? Und ich hab ihn nicht auf der Stelle zusammengehauen? … Aber ich hab ja nicht können … er hat ja eine Faust gehabt wie Eisen … ich bin ja dagestanden wie angenagelt … Nein, ich muss den Verstand verloren gehabt haben, sonst hätt ich mit der anderen Hand … Aber da hätt er ja meinen Säbel herausgezogen und zerbrochen, und aus wär's gewesen – Alles wär aus gewesen! Und nachher, wie er fortgegangen ist, war's zu spät … ich hab ihm doch nicht den Säbel von hinten in den Leib rennen können …

Was, ich bin schon auf der Straße? Wie bin ich denn da herausgekommen? – So kühl ist es … ah, der Wind, der ist gut … Wer ist denn das da drüben? Warum schaun denn die zu mir herüber? Am End haben die was gehört … Nein, es kann niemand was gehört haben … ich weiß ja, ich hab mich gleich nachher umgeschaut! Keiner hat sich um mich gekümmert, niemand hat was gehört … Aber gesagt hat er's, wenn's auch niemand gehört hat; gesagt hat er's doch. Und ich bin dagestanden und hab mir's gefallen lassen, wie wenn mich einer vor den Kopf geschlagen hätt! … Aber ich hab ja nichts sagen können, nichts tun können; es war ja noch das Einzige, was mir übrig geblieben ist: stad sein, stad sein! … 's ist fürchterlich, es ist nicht zum Aushalten; ich muss ihn totschlagen, wo ich ihn treff! … Mir sagt das einer! Mir sagt das so ein Kerl, so ein Hund! Und er kennt mich … Herrgott noch einmal, er kennt mich, er weiß, wer ich bin! … Er kann jedem Menschen erzählen, dass er mir das g'sagt hat! … Nein, nein, das wird er ja nicht tun, sonst hätt er auch nicht so leise geredet … er hat auch nur wollen, dass ich es allein hör! … Aber wer garantiert mir, dass er's nicht doch erzählt, heut oder morgen, seiner Frau, seiner Tochter, seinen Bekannten im Kaffeehaus. – – Um Gottes willen, morgen seh ich ihn ja wieder! Wenn ich morgen ins Kaffeehaus komm, sitzt er wieder dort wie alle Tag' und spielt seinen Taper mit dem Herrn Schlesinger und mit dem Kunstblumenhändler … Nein, nein, das geht ja nicht, das geht ja nicht … Wenn ich ihn seh, so hau ich ihn zusammen … Nein, das darf ich ja nicht … gleich hätt ich's tun müssen, gleich! … Wenn's nur gegangen wär! … Ich werd zum Obersten geh'n und ihm die Sache melden … ja, zum Obersten … Der Oberst ist immer sehr freundlich – und ich werd ihm sagen: Herr Oberst, ich melde gehorsamst, er hat den Griff gehalten, er hat ihn nicht auslassen; es war genau so, als wenn ich ohne Waffe gewesen wäre ... – Was wird der Oberst sagen? – Was er sagen wird? – Aber da gibt's ja nur eins: quittieren mit Schimpf und Schand – quittieren! ... Sind das Freiwillige da drüben? ... Ekelhaft, bei der Nacht schaun sie aus wie Offiziere ... sie salutieren! – Wenn die wüssten – wenn die wüssten! ... – Da ist das Café Hochleitner ... Sind jetzt gewiss ein paar Kameraden drin ... vielleicht auch einer oder der andere, den ich kenn ... Wenn ich's dem ersten Besten erzählen möcht, aber so, als wär's einem andern passiert? ... – Ich bin ja schon ganz irrsinnig ... Wo lauf ich denn da herum? Was tu ich denn auf der Straße? – Ja, aber wo soll ich denn hin? Hab ich nicht zum Leidinger wollen? Haha, unter Menschen mich niedersetzen ... ich glaub, ein jeder müsst mir's ansehn ... Ja, aber irgendwas muss doch geschehn ... Was soll denn geschehn? ... Nichts, nichts – es hat ja niemand was gehört ... es weiß ja niemand was ... in dem Moment weiß niemand was ... Wenn ich jetzt zu ihm in die Wohnung ginge und ihn beschwören möchte, dass er's niemandem erzählt? ... – Ah, lieber gleich eine Kugel vor den Kopf, als so was! ... Wär so das Gescheiteste! ... Das Gescheiteste? Das Gescheiteste? – Gibt ja überhaupt nichts anderes ... gibt nichts anderes ... Wenn ich den Oberst fragen möcht, oder den Kopetzky – oder den Blany – oder den Friedmaier: – jeder möcht sagen: Es bleibt dir nichts anderes übrig! ... Wie wär's, wenn ich mit dem Kopetzky spräch? ... ja, es wär doch das Vernünftigste ... schon wegen morgen ... ja, natürlich – wegen morgen ... um vier in der Reiterkasern ... ich soll mich ja morgen um vier Uhr schlagen ... und ich darf's ja nimmer, ich bin satisfaktionsunfähig ... Unsinn! Unsinn! Kein Mensch weiß was, kein Mensch weiß was! – Es laufen viele herum, denen ärgere Sachen passiert sind als mir ... Was hat man nicht alles von dem Deckener erzählt, wie er sich mit dem Rederow geschossen hat ... und der Ehrenrat hat entschieden, das Duell darf stattfinden ... Aber wie möcht der Ehrenrat bei mir entscheiden? – Dummer Bub – dummer Bub ... und ich bin dagestanden –! Heiliger Himmel, es ist doch ganz egal, ob ein anderer was weiß! ... ich weiß es doch, und das ist die Hauptsache! Ich spür, dass ich jetzt wer anderer bin, als vor einer Stunde – Ich weiß, dass ich satisfaktionsunfähig bin, und darum muss ich mich totschießen ... Keine ruhige Minute hätt ich mehr im Leben ... immer hätt ich die Angst, dass es doch einer erfahren könnt, so oder so ... und dass mir's einer einmal ins Gesicht sagt, was heut Abend geschehn ist! – Was für ein glücklicher Mensch bin ich vor einer Stund gewesen ... Muss mir der Kopetzky die Karte schenken – und die

Steffi muss mir absagen, das Mensch! – Von so was hängt man ab ... Nachmittag war noch alles gut und schön, und jetzt bin ich ein verlorener Mensch und muss mich totschießen ... Warum renn ich denn so? Es lauft mir ja nichts davon ... Wie viel schlagt's denn? ... 1, 2, 3, 4, 5, 6, 7, 8, 9, 10, 11 ... elf, elf ... ich sollt doch nachtmahlen gehn! Irgendwo muss ich doch schließlich hingehn ... ich könnt mich ja in irgendein Beisl setzen, wo mich kein Mensch kennt – schließlich, essen muss der Mensch, auch wenn er sich nachher gleich totschießt ... Haha, der Tod ist ja kein Kinderspiel ... wer hat das nur neulich gesagt? ... Aber das ist ja ganz egal ...

Ich möcht wissen, wer sich am meisten kränken möcht? ... Die Mama oder die Steffi? ... Die Steffi ... Gott, die Steffi ... die dürft sich ja nicht einmal was anmerken lassen, sonst gibt „er“ ihr den Abschied ... Arme Person! – Beim Regiment – kein Mensch hätt eine Ahnung, warum ich's getan hab ... sie täten sich alle den Kopf zerbrechen ... warum hat sich denn der Gustl umgebracht? – Darauf möcht keiner kommen, dass ich mich hab totschießen müssen, weil ein elender Bäckermeister, so ein niederträchtiger, der zufällig stärkere Fäust' hat ... es ist ja zu dumm, zu dumm! – Deswegen soll ein Kerl wie ich, so ein junger, fescher Mensch ... Ja, nachher möchten's gewiss alle sagen: Das hätt er doch nicht tun müssen, wegen so einer Dummheit; ist doch schad! ... Aber wenn ich jetzt wen immer fragen tät, jeder möcht mir die gleiche Antwort geben ... und ich selber, wenn ich mich frag ... das ist doch zum Teufelholen ... ganz wehrlos sind wir gegen die Zivilisten ... Da meinen die Leut', wir sind besser dran, weil wir einen Säbel haben ... und wenn schon einmal einer von der Waffe Gebrauch macht, geht's über uns her, als wenn wir alle die geborenen Mörder wären ... In der Zeitung möcht's auch stehn ... „Selbstmord eines jungen Offiziers“ ... Wie schreiben sie nur immer? ... „Die Motive sind in Dunkel gehüllt“ ... Haha! ... „An seinem Sarge trauern ...“ – Aber es ist ja wahr ... mir ist immer, als wenn ich mir eine Geschichte erzählen möcht ... aber es ist wahr ... ich muss mich umbringen, es bleibt mir ja nichts anderes übrig – ich kann's ja nicht drauf ankommen lassen, dass morgen früh der Kopetzky und der Blany mir ihr Mandat zurückgeben und mir sagen: Wir können dir nicht sekundieren! ... Ich wär ja ein Schuft, wenn ich's ihnen zumuten möcht ... So ein Kerl wie ich, der dasteht und sich einen dummen Buben heißen lässt ... morgen wissen's ja alle Leut' ... das ist zu dumm, dass ich mir einen Moment einbilde, so ein Mensch erzählt's nicht weiter ... überall wird er's erzählen ... seine Frau weiß's jetzt schon ... morgen weiß es das ganze Kaffeehaus … die Kellner werd'n's wissen … der Herr Schlesinger – die Kassierin – – Und selbst, wenn er sich vorgenommen hat, er red't nicht davon, so sagt er's übermorgen … und wenn er's übermorgen nicht sagt, in einer Woche … Und wenn ihn heut Nacht der Schlag trifft, so weiß ich's … ich weiß es … und ich bin nicht der Mensch, der weiter den Rock trägt und den Säbel, wenn ein solcher Schimpf auf ihm sitzt! … So, ich muss es tun, und Schluss! – Was ist weiter dabei? – Morgen Nachmittag könnt mich der Doktor mit 'm Säbel erschlagen … so was ist schon einmal da gewesen … und der Bauer, der arme Kerl, der hat eine Gehirnentzündung 'kriegt und war in drei Tagen hin … und der Brenitsch ist vom Pferd gestürzt und hat sich 's Genick gebrochen … und schließlich und endlich: Es gibt nichts anderes – für mich nicht, für mich nicht! – Es gibt ja Leut', die's leichter nähmen … Gott, was gibt's für Menschen! … Dem Ringeimer hat ein Fleischselcher, wie er ihn mit seiner Frau erwischt hat, eine Ohrfeige gegeben, und er hat quittiert und sitzt irgendwo aufm Land und hat geheiratet … Dass es Weiber gibt, die so einen Menschen heiraten! … – Meiner Seel, ich gäb ihm nicht die Hand, wenn er wieder nach Wien käm … Also, hast's gehört, Gustl: – aus, aus, abgeschlossen mit dem Leben! Punktum und Streusand drauf! … So, jetzt weiß ich's, die Geschichte ist ganz einfach … So! Ich bin eigentlich ganz ruhig … Das hab ich übrigens immer gewusst: wenn's einmal dazu kommt, werd ich ruhig sein, ganz ruhig … aber dass es so dazu kommt, das hab ich doch nicht gedacht … dass ich mich umbringen muss, weil so ein … Vielleicht hab ich ihn doch nicht recht verstanden … am End hat er ganz was anderes gesagt … Ich war ja ganz blöd von der Singerei und der Hitz … vielleicht bin ich verrückt gewesen, und es ist alles gar nicht wahr? … Nicht wahr, haha, nicht wahr! – Ich hör's ja noch … es klingt mir noch immer im Ohr … und ich spür's in den Fingern, wie ich seine Hand vom Säbelgriff hab wegbringen wollen … Ein Kraftmensch ist er, ein Jagendorfer … Ich bin doch auch kein Schwächling … der Franziski ist der Einzige im Regiment, der stärker ist als ich …

Die Aspernbrücke … Wie weit renn ich denn noch? – Wenn ich so weiterrenn, bin ich um Mitternacht in Kagran … Haha! – Herrgott, froh sind wir gewesen, wie wir im vorigen September dort eingerückt sind. Noch zwei Stunden, und Wien … todmüd war ich, wie wir angekommen sind … den ganzen Nachmittag hab ich geschlafen wie ein Stock, und am Abend waren wir schon beim Ronacher … der Kopetzky, der Ladinser und … wer war denn nur noch mit uns? – Ja, richtig, der Freiwillige, der uns auf dem Marsch die jüdischen Anekdoten erzählt hat … Manchmal sind's ganz nette Burschen, die Einjährigen ... aber sie sollten alle nur Stellvertreter werden – denn was hat das für einen Sinn? Wir müssen uns jahrelang plagen, und so ein Kerl dient ein Jahr und hat genau dieselbe Distinktion wie wir ... es ist eine Ungerechtigkeit! – Aber was geht mich denn das alles an? – Was scher ich mich denn um solche Sachen? – Ein Gemeiner von der Verpflegsbranche ist ja jetzt mehr als ich: Ich bin ja überhaupt nicht mehr auf der Welt ... es ist ja aus mit mir ... Ehre verloren, alles verloren! ... Ich hab ja nichts anderes zu tun, als meinen Revolver zu laden und ... Gustl, Gustl, mir scheint, du glaubst noch immer nicht recht dran? Komm nur zur Besinnung ... es gibt nichts anderes ... wenn du auch dein Gehirn zermarterst, es gibt nichts anderes! – Jetzt heißt's nur mehr, im letzten Moment sich anständig benehmen, ein Mann sein, ein Offizier sein, sodass der Oberst sagt: Er ist ein braver Kerl gewesen, wir werden ihm ein treues Angedenken bewahren! ... Wie viel Kompagnien rücken denn aus beim Leichenbegängnis von einem Leutnant? ... Das müsst ich eigentlich wissen ... Haha! Wenn das ganze Bataillon ausrückt, oder die ganze Garnison, und sie feuern zwanzig Salven ab, davon wach ich doch nimmer auf. – Vor dem Kaffeehaus, da bin ich im vorigen Sommer einmal mit dem Herrn von Engel gesessen, nach der Armee-Steeple-Chase ... Komisch, den Menschen hab ich seitdem nie wieder gesehn ... Warum hat er denn das linke Aug verbunden gehabt? Ich hab ihn immer drum fragen wollen, aber es hätt sich nicht gehört ... Da gehn zwei Artilleristen ... die denken gewiss, ich steig der Person nach ... Muss sie mir übrigens ansehn ... O schrecklich! – Ich möcht nur wissen, wie sich so eine ihr Brot verdient ... da möcht ich doch eher ... Obzwar, in der Not frisst der Teufel Fliegen ... in Przemysl – mir hat's nachher so gegraust, dass ich gemeint hab, nie wieder rühr ich ein Frauenzimmer an ... Das war eine grässliche Zeit da oben in Galizien ... eigentlich ein Mordsglück, dass wir nach Wien gekommen sind. Der Bokorny sitzt noch immer in Sambor und kann noch zehn Jahr' dort sitzen und alt und grau werden ... Aber wenn ich dort geblieben wär, wär mir das nicht passiert, was mir heut passiert ist ... und ich möcht lieber in Galizien alt und grau werden, als dass ... als was? Als was? – Ja, was ist denn? Was ist denn? – Bin ich denn wahnsinnig, dass ich das immer vergess? – Ja, meiner Seel, vergessen tu ich's jeden Moment ... ist das schon je erhört worden, dass sich einer in ein paar Stunden eine Kugel durch'n Kopf jagen muss, und er denkt an alle möglichen Sachen, die ihn gar nichts mehr angehn? Meiner Seel, mir ist geradeso, als wenn ich einen Rausch hätt! Haha! Ein schöner Rausch! Ein Mordsrausch! Ein Selbstmordsrausch! – Ha! Witze mach ich, das ist sehr gut! – Ja, ganz gut aufgelegt bin ich – so was muss doch angeboren sein … Wahrhaftig, wenn ich's einem erzählen möcht, er würd es nicht glauben. – Mir scheint, wenn ich das Ding bei mir hätt … jetzt würd ich abdrücken – in einer Sekunde ist alles vorbei … Nicht jeder hat's so gut – andere müssen sich monatelang plagen … meine arme Cousin, zwei Jahr' ist sie gelegen, hat sich nicht rühren können, hat die grässlichsten Schmerzen g'habt – so ein Jammer! … Ist es nicht besser, wenn man das selber besorgt? Nur Obacht geben heißt's, gut zielen, dass einem nicht am End das Malheur passiert, wie dem Kadett-Stellvertreter im vorigen Jahr … Der arme Teufel, gestorben ist er nicht, aber blind ist er geworden … Was mit dem nur geschehen ist? Wo er jetzt lebt? – Schrecklich, so herumlaufen, wie der – das heißt: herumlaufen kann er nicht, g'führt muss er werden – so ein junger Mensch, kann heut noch keine Zwanzig sein … seine Geliebte hat er besser getroffen … gleich war sie tot … Unglaublich, weswegen sich die Leut' totschießen! Wie kann man überhaupt nur eifersüchtig sein? … Mein Lebtag hab ich so was nicht gekannt … Die Steffi ist jetzt gemütlich in der Gartenbaugesellschaft; dann geht sie mit „ihm" nach Haus … Nichts liegt mir dran, gar nichts! Hübsche Einrichtung hat sie – das kleine Badezimmer mit der roten Latern. – Wie sie neulich in dem grünseidenen Schlafrock hereingekommen ist … den grünen Schlafrock werd ich auch nimmer sehn – und die ganze Steffi auch nicht … und die schöne, breite Treppe in der Gußhausstraße werd ich auch nimmer hinaufgehn … Das Fräulein Steffi wird sich weiter amüsieren, als wenn gar nichts geschehn wär … nicht einmal erzählen darf sie's wem, dass ihr lieber Gustl sich umgebracht hat … Aber weinen wird s' schon – ah ja, weinen wird s' … Überhaupt, weinen werden gar viele Leut' … Um Gottes willen, die Mama! – Nein, nein, daran darf ich nicht denken. – Ah, nein, daran darf absolut nicht gedacht werden … An zu Haus wird nicht gedacht, Gustl, verstanden? – Nicht mit dem allerleisesten Gedanken …

Das ist nicht schlecht, jetzt bin ich gar im Prater … mitten in der Nacht … das hätt ich mir auch nicht gedacht in der Früh, dass ich heut Nacht im Prater spazieren gehn werd … Was sich der Sicherheitswachmann dort denkt? … Na, gehn wir nur weiter … es ist ganz schön … Mit'm Nachtmahlen ist's eh nichts, mit dem Kaffeehaus auch nichts; die Luft ist angenehm, und ruhig ist es … sehr … Zwar, ruhig werd ich's jetzt bald haben, so ruhig, als ich's mir nur wünschen kann. Haha! – Aber ich bin ja ganz außer Atem … ich bin ja gerannt wie nicht g'scheit … langsamer, langsamer, Gustl, versäumst nichts, hast gar nichts mehr zu tun – gar nichts, aber absolut nichts mehr! – Mir scheint gar, ich fröstel? – Es wird halt doch die Aufregung sein … dann hab ich ja nichts gegessen … Was riecht denn da so eigentümlich? … Es kann doch noch nichts blühen? … Was haben wir denn heut? – Den vierten April … freilich, es hat viel geregnet in den letzten Tagen … aber die Bäume sind beinah noch ganz kahl … und dunkel ist es, hu! Man könnt schier Angst kriegen … Das ist eigentlich das einzige Mal in meinem Leben, dass ich Furcht gehabt hab, als kleiner Bub, damals im Wald … aber ich war ja gar nicht so klein … vierzehn oder fünfzehn … Wie lang ist das jetzt her? – Neun Jahr' … freilich – mit achtzehn war ich Stellvertreter, mit zwanzig Leutnant … und im nächsten Jahr werd ich … Was werd ich im nächsten Jahr? Was heißt das überhaupt: nächstes Jahr? Was heißt das: in der nächsten Woche? Was heißt das: übermorgen? … Wie? Zähneklappern? Oho! – Na, lassen wir's nur ein bissl klappern … Herr Leutnant, Sie sind jetzt allein, brauchen niemandem einen Pflanz vorzumachen … es ist bitter, es ist bitter …

Ich will mich auf die Bank setzen … Ah! – Wie weit bin ich denn da? – So eine Dunkelheit! Das da hinter mir, das muss das zweite Kaffeehaus sein … bin ich im vorigen Sommer auch einmal gewesen, wie unsere Kapelle konzertiert hat … mit'm Kopetzky und mit'm Rüttner – noch ein paar waren dabei … – Ich bin aber müd … nein, ich bin müd, als wenn ich einen Marsch von zehn Stunden gemacht hätt … Ja, das wär sowas, da einschlafen. – Ha! Ein obdachloser Leutnant … Ja, ich sollt doch eigentlich nach Haus … was tu ich denn zu Haus? Aber was tu ich denn im Prater? – Ah, mir wär am liebsten, ich müsst gar nicht aufstehn – da einschlafen und nimmer aufwachen … ja, das wär halt bequem! – Nein, so bequem wird's Ihnen nicht gemacht, Herr Leutnant … Aber wie und wann? – Jetzt könnt ich mir doch endlich einmal die Geschichte ordentlich überlegen … überlegt muss ja alles werden … so ist es schon einmal im Leben … Also überlegen wir … Was denn? … – Nein, ist die Luft gut … man sollt öfters bei der Nacht in' Prater gehn … Ja, das hätt mir eben früher einfallen müssen, jetzt ist's aus mit'm Prater, mit der Luft und mit'm Spazierengehn … Ja, also was ist denn? – Ah, fort mit dem Käppi; mir scheint, das drückt mir aufs Gehirn … ich kann ja gar nicht ordentlich denken … Ah … so! … Also jetzt Verstand zusammennehmen, Gustl … letzte Verfügungen treffen! Also morgen früh wird Schluss gemacht … morgen früh um sieben Uhr … sieben Uhr ist eine schöne Stund. Haha! – Also um acht, wenn die Schul anfangt, ist alles vorbei … der Kopetzky wird aber keine Schul halten können, weil er zu sehr erschüttert sein wird … Aber vielleicht weiß er's noch gar nicht … man braucht ja nichts zu hören … Den Max Lippay haben sie auch erst am Nachmittag gefunden, und in der Früh hat er sich erschossen, und kein Mensch hat was davon gehört … Aber was geht mich das an, ob der Kopetzky Schul halten wird oder nicht? … Ha! – Also um sieben Uhr! – Ja … na, was denn noch? … Weiter ist ja nichts zu überlegen. Im Zimmer schieß ich mich tot, und dann is basta! Montag ist die Leich … Einen kenn ich, der wird eine Freud haben: das ist der Doktor … Duell kann nicht stattfinden wegen Selbstmord des einen Kombattanten … Was sie bei Mannheimers sagen werden? – Na, er wird sich nicht viel draus machen … aber die Frau, die hübsche, blonde … mit der war was zu machen … O ja, mir scheint, bei der hätt ich Chance gehabt, wenn ich mich nur ein bissl zusammengenommen hätt … ja, das wär doch was anders gewesen, als die Steffi, dieses Mensch … Aber faul darf man halt nicht sein … da heißt's: Cour machen, Blumen schicken, vernünftig reden … das geht nicht so, dass man sagt: Komm morgen Nachmittag zu mir in die Kasern! … Ja, so eine anständige Frau, das wär halt was g'wesen … Die Frau von meinem Hauptmann in Przemysl, das war ja doch keine anständige Frau … ich könnt schwören: Der Libitzky und der Wermutek und der schäbige Stellvertreter, der hat sie auch g'habt … Aber die Frau Mannheimer … ja, das wär was anders, das wär doch auch ein Umgang gewesen, das hätt einen beinah zu einem andern Menschen gemacht – da hätt man doch noch einen andern Schliff gekriegt – da hätt man einen Respekt vor sich selber haben dürfen. – Aber ewig diese Menscher … und so jung hab ich ang'fangen – ein Bub war ich ja noch, wie ich damals den ersten Urlaub gehabt hab und in Graz bei den Eltern zu Haus war … der Riedl war auch dabei – eine Böhmin ist es gewesen … die muss doppelt so alt gewesen sein wie ich – in der Früh bin ich erst nach Haus gekommen … Wie mich der Vater ang'schaut hat … und die Klara … Vor der Klara hab ich mich am meisten g'schämt … Damals war sie verlobt … warum ist denn nichts draus geworden? Ich hab mich eigentlich nicht viel drum gekümmert … Armes Hascherl, hat auch nie Glück gehabt – und jetzt verliert sie noch den einzigen Bruder … Ja, wirst mich nimmer sehn, Klara – aus! Was, das hast du dir nicht gedacht, Schwesterl, wie du mich am Neujahrstag zur Bahn begleitet hast, dass du mich nie wieder sehn wirst? – Und die Mama … Herrgott, die Mama … nein, ich darf daran nicht denken … wenn ich daran denk, bin ich imstand, eine Gemeinheit zu begehen … Ah … wenn ich zuerst noch nach Haus fahren möcht … sagen, es ist ein Urlaub auf einen Tag … noch einmal den Papa, die Mama, die Klara sehn, bevor ich einen Schluss mach ... Ja, mit dem ersten Zug um sieben kann ich nach Graz fahren, um eins bin ich dort ... Grüß dich Gott, Mama ... Servus, Klara! Na, wie geht's euch denn? ... Nein, das ist eine Überraschung! ... Aber sie möchten was merken ... wenn niemand anders ... die Klara ... die Klara gewiss ... Die Klara ist ein so gescheites Mädel ... Wie lieb sie mir neulich geschrieben hat, und ich bin ihr noch immer die Antwort schuldig – und die guten Ratschläge, die sie mir immer gibt ... ein so seelengutes Geschöpf ... Ob nicht alles ganz anders geworden wär, wenn ich zu Haus geblieben wär? Ich hätt Ökonomie studiert, wär zum Onkel gegangen ... sie haben's ja alle wollen, wie ich noch ein Bub war ... Jetzt wär ich am End schon verheiratet, ein liebes, gutes Mädel ... vielleicht die Anna, die hat mich so gern gehabt ... auch jetzt hab ich's noch gemerkt, wie ich das letzte Mal zu Haus war, obzwar sie schon einen Mann hat und zwei Kinder ... ich hab's g'sehn, wie sie mich ang'schaut hat ... Und noch immer sagt sie mir „Gustl“ wie früher ... Der wird's ordentlich in die Glieder fahren, wenn sie erfährt, was es mit mir für ein End genommen hat – aber ihr Mann wird sagen: Das hab ich vorausgesehen – so ein Lump! – Alle werden meinen, es ist, weil ich Schulden gehabt hab ... und es ist doch gar nicht wahr, es ist doch alles gezahlt ... nur die letzten hundertsechzig Gulden – na, und die sind morgen da ... Ja, dafür muss ich auch noch sorgen, dass der Ballert die hundertsechzig Gulden kriegt ... das muss ich niederschreiben, bevor ich mich erschieß ... Es ist schrecklich, es ist schrecklich! ... Wenn ich lieber auf und davon fahren möcht – nach Amerika, wo mich niemand kennt ... In Amerika weiß kein Mensch davon, was hier heut Abend geschehn ist ... da kümmert sich kein Mensch drum ... Neulich ist in der Zeitung gestanden von einem Grafen Runge, der hat fortmüssen wegen einer schmutzigen Geschichte, und jetzt hat er drüben ein Hotel und pfeift auf den ganzen Schwindel ... Und in ein paar Jahren könnt man ja wieder zurück ... nicht nach Wien natürlich ... auch nicht nach Graz ... aber aufs Gut könnt ich ... und der Mama und dem Papa und der Klara möcht's doch tausendmal lieber sein, wenn ich nur lebendig blieb ... Und was gehn mich denn die andern Leut' an? Wer meint's denn sonst gut mit mir? – Außer'm Kopetzky könnt ich allen gestohlen werden ... der Kopetzky ist doch der Einzige ... Und grad der hat mir heut das Billett geben müssen ... und das Billett ist an allem schuld ... ohne das Billett wär ich nicht ins Konzert gegangen, und alles das wär nicht passiert ... Was ist denn nur passiert? ... Es ist grad, als wenn hundert Jahr seitdem vergangen wären, und es kann noch keine zwei Stunden sein ... Vor zwei Stunden hat mir einer „dummer Bub“ gesagt und hat meinen Säbel zerbrechen wollen ... Herrgott, ich fang noch zu schreien an mitten in der Nacht! Warum ist denn das alles geschehn? Hätt ich nicht länger warten können, bis's ganz leer wird in der Garderobe? Und warum hab ich ihm denn nur gesagt: „Halten Sie's Maul!“? Wie ist mir denn das nur ausgerutscht? Ich bin doch sonst ein höflicher Mensch ... nicht einmal mit meinem Burschen bin ich sonst so grob ... aber natürlich, nervös bin ich gewesen – alle die Sachen, die da zusammengekommen sind ... das Pech im Spiel und die ewige Absagerei von der Steffi – und das Duell morgen Nachmittag – und zu wenig schlafen tu ich in der letzten Zeit – und die Rackerei in der Kasern – das halt't man auf die Dauer nicht aus! ... Ja, über kurz oder lang wär ich krank geworden – hätt um einen Urlaub einkommen müssen ... Jetzt ist es nicht mehr notwendig – jetzt kommt ein langer Urlaub – mit Karenz der Gebühren – haha! ...

Wie lang werd ich denn da noch sitzen bleiben? Es muss Mitternacht vorbei sein ... hab ich's nicht früher schlagen hören? – Was ist denn das ... ein Wagen fährt da? Um die Zeit? Gummiradler – kann mir schon denken ... Die haben's besser wie ich – vielleicht ist es der Ballert mit der Bertha ... Warum soll's grad der Ballert sein? – Fahr nur zu! – Ein hübsches Zeug'l hat Seine Hoheit in Pzremysl gehabt ... mit dem ist er immer in die Stadt hinunterg'fahren zu der Rosenberg ... Sehr leutselig war Seine Hoheit – ein echter Kamerad, mit allen auf Du und Du ... War doch eine schöne Zeit ... obzwar ... die Gegend war trostlos und im Sommer zum Verschmachten ... an einem Nachmittag sind einmal drei vom Sonnenstich getroffen worden ... auch der Korporal von meinem Zug – ein so verwendbarer Mensch ... Nachmittag haben wir uns nackt aufs Bett hingelegt. – Einmal ist plötzlich der Wiesner zu mir hereingekommen; ich muss grad geträumt haben und steh auf und zieh den Säbel, der neben mir liegt ... muss gut ausg'schaut haben ... der Wiesner hat sich halb totgelacht – der ist jetzt schon Rittmeister ... – Schad, dass ich nicht zur Kavallerie gegangen bin ... aber das hat der Alte nicht wollen – wär ein zu teurer Spaß gewesen – jetzt ist es ja doch alles eins ... Warum denn? – Ja, ich weiß schon: Sterben muss ich, darum ist es alles eins – sterben muss ich ... Also wie? – Schau, Gustl, du bist doch extra da herunter in den Prater gegangen, mitten in der Nacht, wo dich keine Menschenseele stört – jetzt kannst du dir alles ruhig überlegen ... Das ist ja lauter Unsinn mit Amerika und quittieren, und du bist ja viel zu dumm, um was anderes anzufangen – und – wenn du hundert Jahr alt wirst, und du denkst dran, dass dir einer hat den Säbel zerbrechen wollen und dich einen dummen Buben g'heißen, und du bist dag'standen und hast nichts tun können – nein, zu überlegen ist da gar nichts – geschehn ist geschehn – auch das mit der Mama und mit der Klara ist ein Unsinn – die werden's schon verschmerzen – man verschmerzt alles ... Wie hat die Mama gejammert, wie ihr Bruder gestorben ist – und nach vier Wochen hat sie kaum mehr dran gedacht ... auf den Friedhof ist sie hinausgefahren ... zuerst alle Wochen, dann alle Monat' – und jetzt nur mehr am Todestag. – – Morgen ist mein Todestag – fünfter April. – Ob sie mich nach Graz überführen? Haha! Da werden die Würmer in Graz eine Freud haben! – Aber das geht mich nichts an – darüber sollen sich die andern den Kopf zerbrechen ... Also, was geht mich denn eigentlich an? ... Ja, die hundertsechzig Gulden für den Ballert – das ist alles – weiter brauch ich keine Verfügungen zu treffen. – Briefe schreiben? Wozu denn? An wen denn? ... Abschied nehmen? – Ja, zum Teufel hinein, das ist doch deutlich genug, wenn man sich totschießt! – Dann merken's die andern schon, dass man Abschied genommen hat ... Wenn die Leut' wüssten, wie egal mir die ganze Geschichte ist, möchten sie mich gar nicht bedauern – ist eh nicht schad um mich ... Und was hab ich denn vom ganzen Leben gehabt? – Etwas hätt ich gern noch mitgemacht: einen Krieg – aber da hätt ich lang warten können ... Und alles Übrige kenn ich ... Ob so ein Mensch Steffi oder Kunigunde heißt, bleibt sich gleich. – – Und die schönsten Operetten kenn ich auch – und im ‚Lohengrin' bin ich zwölfmal drin gewesen – und heut Abend war ich sogar bei einem Oratorium – und ein Bäckermeister hat mich einen dummen Buben geheißen – meiner Seel, es ist grad genug! – Und ich bin gar nimmer neugierig ... – Also gehn wir nach Haus, langsam, ganz langsam ... Eile hab ich ja wirklich keine. – Noch ein paar Minuten ausruhen da im Prater, auf einer Bank – obdachlos. – Ins Bett leg ich mich ja doch nimmer – hab ja genug Zeit zum Ausschlafen. – Ah, die Luft! – Die wird mir abgehn ...

Was ist denn? – He, Johann, bringen S' mir ein Glas frisches Wasser ... Was ist? ... Wo ... Ja, träum ich denn? ... Mein Schädel ... oh, Donnerwetter ... Fischamend ... Ich bring die Augen nicht auf! – Ich bin ja angezogen! – Wo sitz ich denn? – Heiliger Himmel, eingeschlafen bin ich! Wie hab ich denn nur schlafen können; es dämmert ja schon! – Wie lang hab ich denn geschlafen? – Muss auf die Uhr schaun ... Ich seh nichts? ... Wo sind denn meine Zündhölzeln? ... Na, brennt eins an? ... Drei ... und ich soll mich um vier duellieren – nein, nicht duellieren – totschießen soll ich mich! – Es ist gar nichts mit dem Duell; ich muss mich totschießen, weil ein Bäckermeister mich einen dummen Buben genannt hat ... Ja, ist es denn wirklich g'schehn? – Mir ist im Kopf so merkwürdig ... wie in einem Schraubstock ist mein Hals – ich kann mich gar nicht rühren – das rechte Bein ist eingeschlafen. – Aufstehn! Aufstehn! ... Ah, so ist es besser! – Es wird schon lichter ... Und die Luft ... ganz wie damals in der Früh, wie ich auf Vorposten war und im Wald kampiert hab ... Das war ein anderes Aufwachen – da war ein anderer Tag vor mir ... Mir scheint, ich glaub's noch nicht recht. – Da liegt die Straße, grau, leer – ich bin jetzt sicher der einzige Mensch im Prater. – Um vier Uhr früh war ich schon einmal herunten, mit'm Pausinger – geritten sind wir – ich auf dem Pferd vom Hauptmann Mirovic und der Pausinger auf seinem eigenen Krampen – das war im Mai, im vorigen Jahr – da hat schon alles geblüht – alles war grün. Jetzt ist's noch kahl – aber der Frühling kommt bald – in ein paar Tagen ist er schon da. – Maiglöckerln, Veigerln – schad, dass ich nichts mehr davon haben werd – jeder Schubiak hat was davon, und ich muss sterben! Es ist ein Elend! Und die andern werden im Weingartl sitzen beim Nachtmahl, als wenn gar nichts g'wesen wär – so wie wir alle im Weingartl g'sessen sind, noch am Abend nach dem Tag, wo sie den Lippay hinausgetragen haben ... Und der Lippay war so beliebt ... sie haben ihn lieber g'habt, als mich, beim Regiment – warum sollen sie denn nicht im Weingartl sitzen, wenn ich abkratz? – Ganz warm ist es – viel wärmer als gestern – und so ein Duft – es muss doch schon blühen ... Ob die Steffi mir Blumen bringen wird? – Aber fallt ihr ja gar nicht ein! Die wird grad hinausfahren ... Ja, wenn's noch die Adel' wär ... Nein, die Adel'! Mir scheint, seit zwei Jahren hab ich an die nicht mehr gedacht ... Was die für G'schichten gemacht hat, wie's aus war ... mein Lebtag hab ich kein Frauenzimmer so weinen gesehn ... Das war doch eigentlich das Hübscheste, was ich erlebt hab ... So bescheiden, so anspruchslos, wie die war – die hat mich gern gehabt, da könnt ich drauf schwören. – War doch was ganz anderes, als die Steffi ... Ich möcht nur wissen, warum ich die aufgegeben hab ... so eine Eselei! Zu fad ist es mir geworden, ja, das war das Ganze ... So jeden Abend mit ein und derselben ausgehn ... Dann hab ich eine Angst g'habt, dass ich überhaupt nimmer loskomm – eine solche Raunzen – – Na, Gustl, hätt'st schon noch warten können – war doch die Einzige, die dich gern gehabt hat ... Was sie jetzt macht? Na, was wird's machen? – Jetzt wird's halt einen andern haben ... Freilich, das mit der Steffi ist bequemer – wenn man nur gelegentlich engagiert ist und ein anderer hat die ganzen Unannehmlichkeiten, und ich hab nur das Vergnügen ... Ja, da kann man auch nicht verlangen, dass sie auf den Friedhof hinauskommt ... Wer ging denn überhaupt mit, wenn er nicht müsst! – Vielleicht der Kopetzky, und dann wär Rest! – Ist doch traurig, so gar niemanden zu haben …

Aber so ein Unsinn! Der Papa und die Mama und die Klara … Ja, ich bin halt der Sohn, der Bruder … aber was ist denn weiter zwischen uns? Gern haben sie mich ja – aber was wissen sie denn von mir? – Dass ich meinen Dienst mach, dass ich Karten spiel und dass ich mit Menschern herumlauf … aber sonst? – Dass mich manchmal selber vor mir graust, das hab ich ihnen ja doch nicht geschrieben – na, mir scheint, ich hab's auch selber gar nicht recht gewusst. – Ah was, kommst du jetzt mit solchen Sachen, Gustl? Fehlt nur noch, dass du zum Weinen anfängst … pfui Teufel! – Ordentlich Schritt … so! Ob man zu einem Rendezvous geht oder auf Posten oder in die Schlacht … wer hat das nur gesagt? … Ah ja, der Major Lederer, in der Kantin, wie man von dem Wingleder erzählt hat, der so blass geworden ist vor seinem ersten Duell – und gespieben hat … Ja: Ob man zu einem Rendezvous geht oder in den sichern Tod, am Gang und am G'sicht lasst sich das der richtige Offizier nicht anerkennen! – Also Gustl – der Major Lederer hat's g'sagt! Ha! –

Immer lichter … man könnt schon lesen … Was pfeift denn da? … Ah, drüben ist der Nordbahnhof … Die Tegetthoffsäule … so lang hat sie noch nie ausg'schaut … Da drüben stehen Wagen … Aber nichts als Straßenkehrer auf der Straße … meine letzten Straßenkehrer – ha! Ich muss immer lachen, wenn ich dran denk … das versteh ich gar nicht … Ob das bei allen Leuten so ist, wenn sie's einmal ganz sicher wissen? Halb vier auf der Nordbahnuhr … jetzt ist nur die Frage, ob ich mich um sieben nach Bahnzeit oder nach Wiener Zeit erschieß? … Sieben … ja, warum grad sieben? … Als wenn's gar nicht anders sein könnt … Hunger hab ich – meiner Seel, ich hab Hunger – kein Wunder … seit wann hab ich denn nichts gegessen? … Seit – seit gestern sechs Uhr abends im Kaffeehaus … ja! Wie mir der Kopetzky das Billett gegeben hat – eine Melange und zwei Kipfel. – Was der Bäckermeister sagen wird, wenn er's erfahrt? … Der verfluchte Hund! – Ah, der wird wissen, warum – dem wird der Knopf aufgehn – der wird draufkommen, was es heißt: Offizier! – So ein Kerl kann sich auf offener Straße prügeln lassen, und es hat keine Folgen, und unsereiner wird unter vier Augen insultiert und ist ein toter Mann … Wenn sich so ein Fallot wenigstens schlagen möcht – aber nein, da wär er ja vorsichtiger, da möcht er sowas nicht riskieren … Und der Kerl lebt weiter, ruhig weiter, während ich – krepieren muss! – Der hat mich doch umgebracht … Ja, Gustl, merkst d' was? – Der ist es, der dich umbringt! Aber so glatt soll's ihm doch nicht ausgehn! – Nein, nein, nein! Ich werd dem Kopetzky einen Brief schreiben, wo alles drinsteht, die ganze G'schicht schreib ich auf … oder noch besser: Ich schreib's dem Obersten, ich mach eine Meldung ans Regimentskommando … ganz wie eine dienstliche Meldung …

Ja, wart, du glaubst, dass so was geheim bleiben kann? – Du irrst dich – aufgeschrieben wird's zum ewigen Gedächtnis, und dann möcht ich sehen, ob du dich noch ins Kaffeehaus traust! – Ha! – „Das möcht ich sehen" ist gut! … Ich möcht noch manches gern sehn, wird nur leider nicht möglich sein – aus is! –

Jetzt kommt der Johann in mein Zimmer, jetzt merkt er, dass der Herr Leutnant nicht zu Haus geschlafen hat. – Na, alles Mögliche wird er sich denken; aber dass der Herr Leutnant im Prater übernachtet hat, das, meiner Seel, das nicht … Ah, die Vierundvierziger! Zur Schießstätte marschieren s' – lassen wir sie vorübergehn … so stellen wir uns da her … – Da oben wird ein Fenster aufgemacht – hübsche Person – na, ich möcht mir wenigstens ein Tüchel umnehmen, wenn ich zum Fenster geh … Vorigen Sonntag war's zum letzten Mal … Dass grad die Steffi die Letzte sein wird, hab ich mir nicht träumen lassen. – Ach Gott, das ist doch das einzige reelle Vergnügen … Na ja, der Herr Oberst wird in zwei Stunden nobel nachreiten … die Herren haben's gut – ja, ja, rechts g'schaut! – Ist schon gut … Wenn ihr wüsstet, wie ich auf euch pfeif! – Ah, das ist nicht schlecht: Der Katzer … seit wann ist denn der zu den Vierundvierzigern übersetzt? – Servus, servus! – Was der für ein G'sicht macht? … Warum deut' er denn auf seinen Kopf? – Mein Lieber, dein Schädel interessiert mich sehr wenig … Ah, so! Nein, mein Lieber, du irrst dich: Im Prater hab ich übernachtet … wirst schon heut im Abendblatt lesen. – „Nicht möglich!", wird er sagen, „heut früh, wie wir zur Schießstätte ausgerückt sind, hab ich ihn noch auf der Praterstraße getroffen!" – Wer wird denn meinen Zug kriegen? – Ob sie ihn dem Walterer geben werden? – Na, da wird was Schönes herauskommen – ein Kerl ohne Schneid, der hätt auch lieber Schuster werden sollen … Was, geht schon die Sonne auf? – Das wird heut ein schöner Tag – so ein rechter Frühlingstag … Ist doch eigentlich zum Teufelholen! – Der Komfortabelkutscher wird noch um achte in der Früh auf der Welt sein, und ich … na, was ist denn das? He, das wär sowas – noch im letzten Moment die Contenance verlieren wegen einem Komfortabelkutscher … Was ist denn das, dass ich auf einmal so ein blödes Herzklopfen krieg? – Das wird doch nicht deswegen sein … Nein, o nein … es ist, weil ich so lang nichts gegessen hab. – Aber Gustl, sei doch aufrichtig mit dir selber: – Angst hast du – Angst, weil du's noch nie probiert hast ... Aber das hilft dir ja nichts, die Angst hat noch keinem was geholfen, jeder muss es einmal durchmachen, der eine früher, der andere später, und du kommst halt früher dran ... Viel wert bist du ja nie gewesen, so benimm dich wenigstens anständig zu guter Letzt, das verlang ich von dir! – So, jetzt heißt's nur überlegen – aber was denn? ... Immer will ich mir was überlegen ... ist doch ganz einfach: – im Nachtkastelladel liegt er, geladen ist er auch, heißt's nur: losdrucken – das wird doch keine Kunst sein! – –

Die geht schon ins G'schäft ... die armen Mädeln! Die Adel' war auch in einem G'schäft – ein paar Mal hab ich sie am Abend abg'holt ... Wenn sie in einem G'schäft sind, werd'n sie doch keine solchen Menscher ... Wenn die Steffi mir allein g'hören möcht, ich ließ sie Modistin werden oder so was ... Wie wird sie's denn erfahren? – Aus der Zeitung! ... Sie wird sich ärgern, dass ich ihr's nicht geschrieben hab ... Mir scheint, ich schnapp doch noch über ... Was geht denn das mich an, ob sie sich ärgert ... Wie lang hat denn die ganze G'schicht gedauert? ... Seit'm Jänner? ... Ah nein, es muss doch schon vor Weihnachten gewesen sein ... ich hab ihr ja aus Graz Zuckerln mitgebracht, und zu Neujahr hat sie mir ein Brieferl g'schickt ... Richtig, die Briefe, die ich zu Haus hab – sind keine da, die ich verbrennen sollt? ... Hm, der vom Fallsteiner – wenn man den Brief findet ... der Bursch könnt Unannehmlichkeiten haben ... Was mir das schon aufliegt! – Na, es ist ja keine große Anstrengung ... aber hervorsuchen kann ich den Wisch nicht ... Das Beste ist, ich verbrenn alles zusammen ... wer braucht's denn? Ist lauter Makulatur. – – Und meine paar Bücher könnt ich dem Blany vermachen. – ‚Durch Nacht und Eis' ... schad, dass ich's nimmer auslesen kann ... bin wenig zum Lesen gekommen in der letzten Zeit ... Orgel – ah, aus der Kirche ... Frühmesse – bin schon lang bei keiner gewesen ... das letzte Mal im Feber, wie mein Zug dazu kommandiert war ... Aber das galt nichts – ich hab auf meine Leut' aufgepasst, ob sie andächtig sind und sich ordentlich benehmen ... – Möcht in die Kirche hineingehn ... am End ist doch was dran ... – Na, heut nach Tisch werd ich's schon genau wissen ... Ah, „nach Tisch" ist sehr gut! ... Also, was ist, soll ich hineingehn? – Ich glaub, der Mama wär's ein Trost, wenn sie das wüsst! ... Die Klara gibt weniger drauf ... Na, gehn wir hinein – schaden kann's ja nicht!

Orgel – Gesang – hm! – Was ist denn das? – Mir ist ganz schwindlig ... O Gott, o Gott, o Gott! Ich möcht einen Menschen haben, mit dem ich ein Wort reden könnt vorher! – Das wär so was – zur Beicht gehn! Der möcht Augen machen, der Pfaff, wenn ich zum Schluss sagen möcht: Habe die Ehre, Hochwürden; jetzt geh ich mich umbringen! ... – Am liebsten läg ich da auf dem Steinboden und tät heulen ... Ah nein, das darf man nicht tun! Aber weinen tut manchmal so gut ... Setzen wir uns einen Moment – aber nicht wieder einschlafen wie im Prater! ... – Die Leut', die eine Religion haben, sind doch besser dran ... Na, jetzt fangen mir gar die Händ' zu zittern an! ... Wenn's so weitergeht, werd ich mir selber auf die Letzt so ekelhaft, dass ich mich vor lauter Schand umbring! – Das alte Weiß da – um was betet denn die noch? ... Wär eine Idee, wenn ich ihr sagen möcht: Sie, schließen Sie mich auch ein ... ich hab das nicht ordentlich gelernt, wie man das macht ... Ha! Mir scheint, das Sterben macht blöd! – Aufstehn! – Woran erinnert mich denn nur die Melodie? – Heiliger Himmel! Gestern Abend! – Fort, fort! Das halt ich gar nicht aus! ... Pst! Keinen solchen Lärm, nicht mit dem Säbel scheppern – die Leut' nicht in der Andacht stören – so! – doch besser im Freien ... Licht ... Ah, es kommt immer näher – wenn es lieber schon vorbei wär! – Ich hätt's gleich tun sollen – im Prater ... man sollt nie ohne Revolver ausgehn ... Hätt ich gestern Abend einen gehabt ... Herrgott noch einmal! – In das Kaffeehaus könnt ich gehn frühstücken ... Hunger hab ich ... Früher ist's mir immer sonderbar vorgekommen, dass die Leut', die verurteilt sind, in der Früh noch ihren Kaffee trinken und ihr Zigarrl rauchen ... Donnerwetter, geraucht hab ich gar nicht! Gar keine Lust zum Rauchen! – Es ist komisch: Ich hätt Lust, in mein Kaffeehaus zu gehn ... Ja, aufgesperrt ist schon, und von uns ist jetzt doch keiner dort – und wenn schon ... ist höchstens ein Zeichen von Kaltblütigkeit. „Um sechs hat er noch im Kaffeehaus gefrühstückt, und um sieben hat er sich erschossen" ... – Ganz ruhig bin ich wieder ... das Gehen ist so angenehm – und das Schönste ist, dass mich keiner zwingt. – Wenn ich wollt, könnt ich noch immer den ganzen Krempel hinschmeißen ... Amerika ... Was ist das: „Krempel"? Was ist ein „Krempel"? Mir scheint, ich hab den Sonnenstich! ... Oho, bin ich vielleicht deshalb so ruhig, weil ich mir noch immer einbild, ich muss nicht? ... Ich muss! Ich muss! Nein, ich will! – Kannst du dir denn überhaupt vorstellen, Gustl, dass du dir die Uniform ausziehst und durchgehst? Und der verfluchte Hund lacht sich den Buckel voll – und der Kopetzky selbst möcht dir nicht mehr die Hand geben ... Mir kommt vor, ich bin jetzt ganz rot geworden. – – Der Wachmann salutiert mir ... ich muss danken ... „Servus!" – Jetzt hab ich gar „Servus" gesagt! ... Das freut so einen armen Teufel immer ... Na, über mich hat sich keiner zu beklagen gehabt – außer Dienst war ich immer gemütlich. – Wie wir auf Manöver waren, hab ich den

Chargen von der Kompagnie Britannikas geschenkt; – einmal hab ich gehört, wie ein Mann hinter mir bei den Gewehrgriffen was von „verfluchter Rackerei" g'sagt hat, und ich hab ihn nicht zum Rapport geschickt – ich hab ihm nur gesagt: „Sie, passen S' auf, das könnt einmal wer anderer hören – da ging's Ihnen schlecht!" … Der Burghof … Wer ist denn heut auf Wach? – Die Bosniaken – schaun gut aus – der Oberstleutnant hat neulich g'sagt: Wie wir im 78er Jahr unten waren, hätt keiner geglaubt, dass uns die einmal so parieren werden! … Herrgott, bei so was hätt ich dabei sein mögen! – Da stehn sie alle auf von der Bank. – Servus, servus! – Das ist halt zuwider, dass unsereiner nicht dazu kommt. – Wär doch schöner gewesen, auf dem Feld der Ehre, fürs Vaterland, als so … Ja, Herr Doktor, Sie kommen eigentlich gut weg! … Ob das nicht einer für mich übernehmen könnt? – Meiner Seel, das sollt ich hinterlassen, dass sich der Kopetzky oder der Wymetal an meiner statt mit dem Kerl schlagen … Ah, so leicht sollt der doch nicht davonkommen! – Ah, was! Ist das nicht egal, was nachher geschieht? Ich erfahr's ja doch nimmer! – Da schlagen die Bäume aus … Im Volksgarten hab ich einmal eine angesprochen – ein rotes Kleid hat sie angehabt – in der Strozzigasse hat sie gewohnt – nachher hat sie der Rochlitz übernommen … Mir scheint, er hat sie noch immer, aber er red't nichts mehr davon – er schämt sich vielleicht … Jetzt schlaft die Steffi noch … so lieb sieht sie aus, wenn sie schlaft … als wenn sie nicht bis fünf zählen könnt! – Na, wenn sie schlafen, schaun sie alle so aus! – Ich sollt ihr doch noch ein Wort schreiben … warum denn nicht? Es tut's ja doch ein jeder, dass er vorher noch Briefe schreibt. – Auch der Klara sollt ich schreiben, dass sie den Papa und die Mama tröstet – und was man halt so schreibt! – und dem Kopetzky doch auch … Meiner Seel, mir kommt vor, es wär viel leichter, wenn man ein paar Leuten Adieu gesagt hätt … Und die Anzeige an das Regimentskommando – und die hundertsechzig Gulden für den Ballert … eigentlich noch viel zu tun … Na, es hat's mir ja keiner g'schafft, dass ich's um sieben tu … von acht an ist noch immer Zeit genug zum Totsein! … Totsein, ja – so heißt's – da kann man nichts machen …

Ringstraße – jetzt bin ich ja bald in meinem Kaffeehaus … Mir scheint gar, ich freu mich aufs Frühstück … es ist nicht zum glauben. – – Ja, nach dem Frühstück zünd ich mir eine Zigarr an, und dann geh ich nach Haus und schreib … Ja, vor allem mach ich die Anzeige ans Kommando; dann kommt der Brief an die Klara – dann an den Kopetzky – dann an die Steffi … Was soll ich denn dem Luder schreiben … „Mein liebes Kind, du hast wohl nicht gedacht" ... Ah, was, Unsinn! – „Mein liebes Kind, ich danke dir sehr" ... – „Mein liebes Kind, bevor ich von hinnen gehe, will ich es nicht verabsäumen" ... – Na, Briefschreiben war auch nie meine starke Seite ... „Mein liebes Kind, ein letztes Lebewohl von deinem Gustl" ... – Die Augen, die sie machen wird! Ist doch ein Glück, dass ich nicht in sie verliebt war ... das muss traurig sein, wenn man eine gern hat und so ...

Na, Gustl, sei gut: So ist es auch traurig genug ... Nach der Steffi wär ja noch manche andere gekommen, und am End auch eine, die was wert ist – junges Mädel aus guter Familie mit Kaution – es wär ganz schön gewesen ... – Der Klara muss ich ausführlich schreiben, dass ich nicht hab anders können ... „Du musst mir verzeihen, liebe Schwester, und bitte, tröste auch die lieben Eltern. Ich weiß, dass ich euch allen manche Sorge gemacht habe und manchen Schmerz bereitet; aber glaube mir, ich habe euch alle immer sehr lieb gehabt, und ich hoffe, du wirst noch einmal glücklich werden, meine liebe Klara, und deinen unglücklichen Bruder nicht ganz vergessen" ... Ah, ich schreib ihr lieber gar nicht! ... Nein, da wird mir zum Weinen ... es beißt mich ja schon in den Augen, wenn ich dran denk ... Höchstens dem Kopetzky schreib ich – ein kameradschaftliches Lebewohl, und er soll's den andern ausrichten ... – Ist's schon sechs? – Ah, nein: halb – drei viertel. – Ist das ein liebes G'sichtel! ... Der kleine Fratz mit den schwarzen Augen, den ich so oft in der Florianigasse treff! – Was die sagen wird? – Aber die weiß ja gar nicht, wer ich bin – die wird sich nur wundern, dass sie mich nimmer sieht ... Vorgestern hab ich mir vorgenommen, das nächste Mal sprech ich sie an. – Kokettiert hat sie genug ... so jung war die – am End war die gar noch eine Unschuld! ... Ja, Gustl! Was du heute kannst besorgen, das verschiebe nicht auf morgen! ... Der da hat sicher auch die ganze Nacht nicht geschlafen. – Na, jetzt wird er schön nach Haus gehn und sich niederlegen – ich auch! – Haha! Jetzt wird's ernst, Gustl, ja! ... Na, wenn nicht einmal das bissl Grausen wär, so wär ja schon gar nichts dran – und im Ganzen, ich muss's schon selber sagen, halt ich mich brav ... Ah, wohin denn noch? Da ist ja schon mein Kaffeehaus ... auskehren tun sie noch ... Na, gehn wir hinein ...

Da hinten ist der Tisch, wo die immer Tarock spielen ... Merkwürdig, ich kann mir's gar nicht vorstellen, dass der Kerl, der immer da hinten sitzt an der Wand, derselbe sein soll, der mich ... – Kein Mensch ist noch da ... Wo ist denn der Kellner? ... He! Da kommt er aus der Küche ... er schlieft schnell in den Frack hinein ... Ist wirklich nimmer notwendig! ... Ah, für ihn schon ... er muss heut noch andere Leut' bedienen! –

„Habe die Ehre, Herr Leutnant!“

„Guten Morgen.“

„So früh heute, Herr Leutnant?“

„Ah, lassen S' nur – ich hab nicht viel Zeit, ich kann mit'm Mantel dasitzen.“

„Was befehlen Herr Leutnant?“

„Eine Melange mit Haut.“

„Bitte gleich, Herr Leutnant!“

Ah, da liegen ja Zeitungen ... schon heutige Zeitungen? ... Ob schon was drinsteht? ... Was denn? – Mir scheint, ich will nachsehn, ob drinsteht, dass ich mich umgebracht hab! Haha! – Warum steh ich denn noch immer? ... Setzen wir uns da zum Fenster ... Er hat mir ja schon die Melange hingestellt ... So, den Vorhang zieh ich zu; es ist mir zuwider, wenn die Leut' hereingucken ... Es geht zwar noch keiner vorüber ... Ah, gut schmeckt der Kaffee – doch kein leerer Wahn, das Frühstücken! ... Ah, ein ganz anderer Mensch wird man – der ganze Blödsinn ist, dass ich nicht genachtmahlt hab ... Was steht denn der Kerl schon wieder da? – Ah, die Semmeln hat er mir gebracht ...

„Haben Herr Leutnant schon gehört?“ ...

„Was denn?“ Ja, um Gottes willen, weiß der schon was? ... Aber, Unsinn, es ist ja nicht möglich!

„Den Herrn Habetswallner ...“

Was? So heißt ja der Bäckermeister ... was wird der jetzt sagen? ... Ist der am End schon da gewesen? Ist er am End gestern schon da gewesen und hat's erzählt? ... Warum red't er denn nicht weiter? ... Aber er red't ja ...

„ ... hat heut Nacht um zwölf der Schlag getroffen.“

„Was?“ ... Ich darf nicht so schreien ... nein, ich darf mir nichts anmerken lassen ... aber vielleicht träum ich ... ich muss ihn noch einmal fragen ... „Wen hat der Schlag getroffen?“ – Famos, famos! – Ganz harmlos hab ich das gesagt! –

„Den Bäckermeister, Herr Leutnant! ... Herr Leutnant werd'n ihn ja kennen ... na, den Dicken, der jeden Nachmittag neben die Herren Offiziere seine Tarockpartie hat ... mit'n Herrn Schlesinger und'n Herrn Wasner von der Kunstblumenhandlung vis-à-vis!“

Ich bin ganz wach – stimmt alles – und doch kann ich's noch nicht recht glauben – ich muss ihn noch einmal fragen ... aber ganz harmlos ...

„Der Schlag hat ihn getroffen? ... Ja, wieso denn? Woher wissen S' denn das?“

„Aber Herr Leutnant, wer soll's denn früher wissen, als unsereiner – die Semmel, die der Herr Leutnant da essen, ist ja auch vom

Herrn Habetswallner. Der Bub, der uns das Gebäck um halber fünfe in der Früh bringt, hat's uns erzählt."

Um Himmelswillen, ich darf mich nicht verraten ... ich möchte ja schreien ... ich möchte ja lachen ... ich möchte ja dem Rudolf ein Bussel geben ... Aber ich muss ihn noch was fragen! ... Vom Schlag getroffen werden, heißt noch nicht: tot sein ... ich muss fragen, ob er tot ist ... aber ganz ruhig, denn was geht mich der Bäckermeister an – ich muss in die Zeitung schaun, während ich den Kellner frag ...

„Ist er tot?"

„Na, freilich, Herr Leutnant; aufm Fleck ist er tot geblieben."

O, herrlich, herrlich! – Am End ist das alles, weil ich in der Kirchen g'wesen bin ...

„Er ist am Abend im Theater g'wesen; auf der Stiegen ist er umg'fallen – der Hausmeister hat den Krach gehört ... na, und dann haben s' ihn in die Wohnung getragen, und wie der Doktor gekommen ist, war's schon lang aus."

„Ist aber traurig. Er war doch noch in den besten Jahren." – Das hab ich jetzt famos gesagt – kein Mensch könnt mir was anmerken ... und ich muss mich wirklich zurückhalten, dass ich nicht schrei oder aufs Billard spring ...

„Ja, Herr Leutnant, sehr traurig; war ein so lieber Herr, und zwanzig Jahr ist er schon zu uns kommen – war ein guter Freund von unserm Herrn. Und die arme Frau ..."

Ich glaub, so froh bin ich in meinem ganzen Leben nicht gewesen ... Tot ist er – tot ist er! Keiner weiß was, und nichts ist g'schehn! – Und das Mordsglück, dass ich in das Kaffeehaus gegangen bin ... sonst hätt ich mich ja ganz umsonst erschossen – es ist doch wie eine Fügung des Schicksals ... Wo ist denn der Rudolf? – Ah, mit dem Feuerburschen red't er ... – Also, tot ist er – tot ist er – ich kann's noch gar nicht glauben! Am liebsten möcht ich hingehn, um's zu sehn. – – Am End hat ihn der Schlag getroffen aus Wut, aus verhaltenem Zorn ... Ah, warum, ist mir ganz egal! Die Hauptsach ist: Er ist tot, und ich darf leben, und alles g'hört wieder mein! ... Komisch, wie ich mir da immerfort die Semmel einbrock, die mir der Herr Habetswallner gebacken hat! Schmeckt mir ganz gut, Herr von Habetswallner! Famos! – So, jetzt möcht ich noch ein Zigarrl rauchen ...

„Rudolf! Sie, Rudolf! Sie, lassen S' mir den Feuerburschen dort in Ruh!"

„Bitte, Herr Leutnant!"

„Trabucco" ... – Ich bin so froh, so froh! ... Was mach ich denn nur? ... Was mach ich denn nur? ... Es muss ja was geschehn, sonst trifft mich auch noch der Schlag vor lauter Freud! ... In einer Viertelstund geh ich hinüber in die Kasern und lass mich vom Johann kalt abreiben ... um halb acht sind die Gewehrgriff', und um halb zehn ist Exerzieren. – Und der Steffi schreib ich, sie muss sich für heut Abend frei machen, und wenn's Graz gilt! Und nachmittag um vier ... na wart, mein Lieber, wart, mein Lieber! Ich bin grad gut aufgelegt ... Dich hau ich zu Krenfleisch!

Fräulein Else

„Du willst wirklich nicht mehr weiterspielen, Else?“ – „Nein, Paul, ich kann nicht mehr. Adieu. – Auf Wiedersehen, gnädige Frau.“ – *„Aber Else, sagen Sie mir doch: Frau Cissy. – Oder lieber noch: Cissy, ganz einfach.“* – „Auf Wiedersehen, Frau Cissy.“ – *„Aber warum gehen Sie denn schon, Else? Es sind noch volle zwei Stunden bis zum Dinner.“* – „Spielen Sie nur Ihr Single mit Paul, Frau Cissy, mit mir ist's doch heut wahrhaftig kein Vergnügen.“ – *„Lassen Sie sie, gnädige Frau, sie hat heut ihren ungnädigen Tag. – Steht dir übrigens ausgezeichnet zu Gesicht, das Ungnädigsein, Else. – Und der rote Sweater noch besser.“* – „Bei Blau wirst du hoffentlich mehr Gnade finden, Paul. Adieu.“

Das war ein ganz guter Abgang. Hoffentlich glauben die zwei nicht, dass ich eifersüchtig bin. – Dass sie was miteinander haben, Cousin Paul und Cissy Mohr, darauf schwör ich. Nichts auf der Welt ist mir gleichgültiger. – Nun wende ich mich noch einmal um und winke ihnen zu. Winke und lächle. Sehe ich nun gnädig aus? – Ach Gott, sie spielen schon wieder. Eigentlich spiele ich besser als Cissy Mohr; und Paul ist auch nicht gerade ein Matador. Aber gut sieht er aus – mit dem offenen Kragen und dem Bösen-Jungen-Gesicht. Wenn er nur weniger affektiert wäre. Brauchst keine Angst zu haben, Tante Emma …

Was für ein wundervoller Abend! Heut wär das richtige Wetter gewesen für die Tour auf die Rosetta-Hütte. Wie herrlich der Cimone in den Himmel ragt! – Um fünf Uhr früh wär man aufgebrochen. Anfangs wär mir natürlich übel gewesen, wie gewöhnlich. Aber das verliert sich. – Nichts köstlicher als das Wandern im Morgengrauen. – Der einäugige Amerikaner auf der Rosetta hat ausgesehen wie ein Boxkämpfer. Vielleicht hat ihm beim Boxen wer das Aug ausgeschlagen. Nach Amerika würd ich ganz gern heiraten, aber keinen Amerikaner. Oder ich heirat einen Amerikaner und wir leben in Europa. Villa an der Riviera. Marmorstufen ins Meer. Ich liege nackt auf dem Marmor. – Wie lang ist's her, dass wir in Mentone waren? Sieben oder acht Jahre. Ich war dreizehn oder vierzehn. Ach ja, damals waren wir noch in besseren Verhältnissen. – Es war eigentlich ein Unsinn, die Partie aufzuschieben. Jetzt wären wir jedenfalls schon zurück. – Um vier, wie ich zum Tennis gegangen bin, war der telegraphisch angekündigte Expressbrief von Mama noch nicht da. Wer weiß, ob jetzt. Ich hätt noch ganz gut ein Set spielen können. – Warum grüßen mich diese zwei jungen Leute? Ich kenn sie gar nicht. Seit gestern wohnen sie im Hotel, sitzen beim Essen links am Fenster, wo früher die Holländer gesessen sind. Hab ich ungnädig gedankt? Oder gar hochmütig? Ich bin's ja gar nicht. Wie sagte Fred auf dem Weg vom ‚Coriolan' nach Hause? Frohgemut. Nein, hochgemut. Hochgemut sind Sie, nicht hochmütig, Else. – Ein schönes Wort. Er findet immer schöne Worte. – Warum geh ich so langsam? Fürcht ich mich am Ende vor Mamas Brief? Nun, Angenehmes wird er wohl nicht enthalten. Express! Vielleicht muss ich wieder zurückfahren. O weh. Was für ein Leben – trotz rotem Seidensweater und Seidenstrümpfen. Drei Paar! Die arme Verwandte, von der reichen Tante eingeladen. Sicher bereut sie's schon. Soll ich's dir schriftlich geben, teure Tante, dass ich an Paul nicht im Traum denke? Ach, an niemanden denke ich. Ich bin nicht verliebt. In niemanden. Und war noch nie verliebt. Auch in Albert bin ich's nicht gewesen, obwohl ich es mir acht Tage lang eingebildet habe. Ich glaube, ich kann mich nicht verlieben. Eigentlich merkwürdig. Denn sinnlich bin ich gewiss. Aber auch hochgemut und ungnädig, Gott sei Dank. Mit dreizehn war ich vielleicht das einzige Mal wirklich verliebt. In den van Dyck – oder vielmehr in den Abbé Des Grieux, und in die Renard auch. Und wie ich sechzehn war, am Wörthersee. – Ach nein, das war nichts. Wozu nachdenken, ich schreibe ja keine Memoiren. Nicht einmal ein Tagebuch wie die Bertha. Fred ist mir sympathisch, nicht mehr. Vielleicht, wenn er eleganter wäre. Ich bin ja doch ein Snob. Der Papa findet's auch und lacht mich aus. Ach, lieber Papa, du machst mir viel Sorgen. Ob er die Mama einmal betrogen hat? Sicher. Öfters. Mama ist ziemlich dumm. Von mir hat sie keine Ahnung. Andere Menschen auch nicht. Fred? – Aber eben nur eine Ahnung. – Himmlischer Abend. Wie festlich das Hotel aussieht. Man spürt: Lauter Leute, denen es gut geht und die keine Sorgen haben. Ich zum Beispiel. Haha! Schad. Ich wär zu einem sorgenlosen Leben geboren. Es könnt so schön sein. Schad. – Auf dem Cimone liegt ein roter Glanz. Paul würde sagen: Alpenglühen. Das ist noch lang kein Alpenglühen. Es ist zum Weinen schön. Ach, warum muss man wieder zurück in die Stadt!

„*Guten Abend, Fräulein Else.*" – „Küss die Hand gnädige Frau." – „*Vom Tennis?*" – Sie sieht's doch, warum fragt sie? „Ja, gnädige Frau. Beinah drei Stunden lang haben wir gespielt. – Und gnädige Frau machen noch einen Spaziergang?" – „*Ja, meinen gewohnten Abendspaziergang. Den Rolleweg. Der geht so schön zwischen den Wiesen, bei Tag ist er beinahe zu sonnig.*" – „Ja, die Wiesen hier sind herrlich. Besonders im Mondenschein von meinem Fenster aus." –

„Guten Abend, Fräulein Else. – Küss die Hand, gnädige Frau.“ – „Guten Abend, Herr von Dorsday.“ – *„Vom Tennis, Fräulein Else?“* – „Was für ein Scharfblick, Herr von Dorsday.“ – *„Spotten Sie nicht, Else.“* – Warum sagt er nicht ‚Fräulein Else‘? – *„Wenn man mit dem Rakett so gut ausschaut, darf man es gewissermaßen auch als Schmuck tragen.“* – Esel, darauf antworte ich gar nicht. „Den ganzen Nachmittag haben wir gespielt. Wir waren leider nur drei. Paul, Frau Mohr und ich.“ – *„Ich war früher ein enragierter Tennisspieler.“* – „Und jetzt nicht mehr?“ – *„Jetzt bin ich zu alt dazu.“* – „Ach, alt, in Marienlyst, da war ein fünfundsechzigjähriger Schwede, der spielte jeden Abend von sechs bis acht Uhr. Und im Jahr vorher hat er sogar noch bei einem Turnier mitgespielt.“ – *„Nun, fünfundsechzig bin ich Gott sei Dank noch nicht, aber leider auch kein Schwede.“* – Warum leider? Das hält er wohl für einen Witz. Das Beste, ich lächle höflich und gehe. „Küss die Hand, gnädige Frau. Adieu, Herr von Dorsday.“ Wie tief er sich verbeugt und was für Augen er macht. Kalbsaugen. Hab ich ihn am Ende verletzt mit dem fünfundsechzigjährigen Schweden? Schad't auch nichts. Frau Winawer muss eine unglückliche Frau sein. Gewiss schon nah an fünfzig. Diese Tränensäcke, – als wenn sie viel geweint hätte. Ach wie furchtbar, so alt zu sein. Herr von Dorsday nimmt sich ihrer an. Da geht er an ihrer Seite. Er sieht noch immer ganz gut aus mit dem grau melierten Spitzbart. Aber sympathisch ist er nicht. Schraubt sich künstlich hinauf. Was hilft Ihnen Ihr erster Schneider, Herr von Dorsday? Dorsday! Sie haben sicher einmal anders geheißen. – Da kommt das süße kleine Mädel von Cissy mit ihrem Fräulein. – „Grüß dich Gott, Fritzi. Bon soir, Mademoiselle. Vous allez bien?“ – *„Merci, Mademoiselle. Et vous?“* – „Was seh ich, Fritzi, du hast ja einen Bergstock. Willst du am End den Cimone besteigen?“ – *„Aber nein, so hoch hinauf darf ich noch nicht.“* – „Im nächsten Jahr wirst du es schon dürfen. Pah, Fritzi. A bientôt, Mademoiselle.“ – *„Bon soir, Mademoiselle.“*

Eine hübsche Person. Warum ist sie eigentlich Bonne? Noch dazu bei Cissy. Ein bitteres Los. Ach Gott, kann mir auch noch blühen. Nein, ich wüsste mir jedenfalls was Besseres. Besseres? – Köstlicher Abend. ‚Die Luft ist wie Champagner‘, sagte gestern Doktor Waldberg. Vorgestern hat es auch einer gesagt. – Warum die Leute bei dem wundervollen Wetter in der Halle sitzen? Unbegreiflich. Oder wartet jeder auf einen Expressbrief? Der Portier hat mich schon gesehen; – wenn ein Expressbrief für mich da wäre, hätte er mir ihn sofort hergebracht. Also keiner da. Gott sei Dank. Ich werde mich noch ein bissl hinlegen vor dem Diner.

Warum sagt Cissy ‚Dinner'? Dumme Affektation. Passen zusammen, Cissy und Paul. – Ach, wär der Brief lieber schon da. Am Ende kommt er während des ‚Dinner'. Und wenn er nicht kommt, hab ich eine unruhige Nacht. Auch die vorige Nacht hab ich so miserabel geschlafen. Freilich, es sind gerade diese Tage. Drum hab ich auch das Ziehen in den Beinen. Dritter September ist heute. Also wahrscheinlich am sechsten. Ich werde heute Veronal nehmen. O, ich werde mich nicht daran gewöhnen. Nein, lieber Fred, du musst nicht besorgt sein. In Gedanken bin ich immer per du mit ihm. – Versuchen sollte man alles, – auch Haschisch. Der Marinefähnrich Brandel hat sich aus China, glaub ich, Haschisch mitgebracht. Trinkt man oder raucht man Haschisch? Man soll prachtvolle Visionen haben. Brandel hat mich eingeladen, mit ihm Haschisch zu trinken oder – zu rauchen. Frecher Kerl. Aber hübsch. –

„Bitte sehr, Fräulein, ein Brief." – Der Portier! Also doch! – Ich wende mich ganz unbefangen um. Es könnte auch ein Brief von der Karoline sein oder von der Bertha oder von Fred oder Miss Jackson? „Danke schön." Doch von Mama, Express. Warum sagt er nicht gleich: ein Expressbrief? „Oh, ein Express!" Ich mach ihn erst auf dem Zimmer auf und les ihn in aller Ruhe. – Die Marchesa. Wie jung sie im Halbdunkel aussieht. Sicher fünfundvierzig. Wo werd ich mit fünfundvierzig sein? Vielleicht schon tot. Hoffentlich. Sie lächelt mich so nett an, wie immer. Ich lasse sie vorbei, nicke ein wenig, – nicht als wenn ich mir eine besondere Ehre daraus machte, dass mich eine Marchesa anlächelt. – *„Buona sera."* – Sie sagt mir buona sera. Jetzt muss ich mich doch wenigstens verneigen. War das zu tief? Sie ist ja um so viel älter. Was für einen herrlichen Gang sie hat. Ist sie geschieden? Mein Gang ist auch schön. Aber – ich weiß es. Ja, das ist der Unterschied. – Ein Italiener könnte mir gefährlich werden. Schade, dass der schöne Schwarze mit dem Römerkopf schon wieder fort ist. ‚Er sieht aus wie ein Filou', sagte Paul. Ach Gott, ich hab nichts gegen Filous, im Gegenteil. – So, da wär ich. Nummer siebenundsiebzig. Eigentlich eine Glücksnummer. Hübsches Zimmer. Zirbelholz. Dort steht mein jungfräuliches Bett. – Nun ist es richtig ein Alpenglühen geworden. Aber Paul gegenüber werde ich es abstreiten. Eigentlich ist Paul schüchtern. Ein Arzt, ein Frauenarzt! Vielleicht gerade deshalb. Vorgestern im Wald, wie wir so weit voraus waren, hätt er schon etwas unternehmender sein dürfen. Aber dann wäre es ihm übel ergangen. Wirklich unternehmend war eigentlich mir gegenüber noch niemand. Höchstens am Wörthersee vor drei Jahren im Bad. Unternehmend? Nein, unanständig war er ganz einfach. Aber schön. Apoll vom Belvedere. Ich hab es ja ei-

gentlich nicht ganz verstanden damals. Nun ja mit – sechzehn Jahren. Meine himmlische Wiese! Meine –! Wenn man sich die nach Wien mitnehmen könnte. Zarte Nebel. Herbst? Nun ja, dritter September, Hochgebirge.

Nun, Fräulein Else, möchten Sie sich nicht doch entschließen, den Brief zu lesen? Er muss sich ja gar nicht auf den Papa beziehen. Könnte es nicht auch etwas mit meinem Bruder sein? Vielleicht hat er sich verlobt mit einer seiner Flammen? Mit einer Choristin oder einem Handschuhmädel. Ach nein, dazu ist er wohl doch zu gescheit. Eigentlich weiß ich ja nicht viel von ihm. Wie ich sechzehn war und er einundzwanzig, da waren wir eine Zeit lang geradezu befreundet. Von einer gewissen Lotte hat er mir viel erzählt. Dann hat er plötzlich aufgehört. Diese Lotte muss ihm irgendetwas angetan haben. Und seitdem erzählt er mir nichts mehr. – Nun ist er offen, der Brief, und ich hab gar nicht bemerkt, dass ich ihn aufgemacht habe. Ich setze mich aufs Fensterbrett und lese ihn. Acht geben, dass ich nicht hinunterstürze. Wie uns aus San Martino gemeldet wird, hat sich dort im Hotel Fratazza ein beklagenswerter Unfall ereignet. Fräulein Else T., ein neunzehnjähriges bildschönes Mädchen, Tochter des bekannten Advokaten … Natürlich würde es heißen, ich hätte mich umgebracht aus unglücklicher Liebe oder weil ich in der Hoffnung war. Unglückliche Liebe, ah nein.

‚Mein liebes Kind' – Ich will mir vor allem den Schluss anschaun. – ‚Also nochmals, sei uns nicht böse, mein liebes gutes Kind und sei tausendmal' – Um Gottes willen, sie werden sich doch nicht umgebracht haben! Nein, – in dem Fall wär ein Telegramm von Rudi da. – ‚Mein liebes Kind, du kannst mir glauben, wie Leid es mir tut, dass ich dir in deine schönen Ferialwochen' – Als wenn ich nicht immer Ferien hätt, leider – ‚mit einer so unangenehmen Nachricht hineinplatze.' – Einen furchtbaren Stil schreibt Mama. – ‚Aber nach reiflicher Überlegung bleibt mir wirklich nichts anderes übrig. Also, kurz und gut, die Sache mit Papa ist akut geworden. Ich weiß mir nicht zu raten, noch zu helfen.' – Wozu die vielen Worte? – ‚Es handelt sich um eine verhältnismäßig lächerliche Summe – dreißigtausend Gulden', lächerlich? – ‚die in drei Tagen herbeigeschafft sein müssen, sonst ist alles verloren.' Um Gottes willen, was heißt das? – ‚Denk dir, mein geliebtes Kind, dass der Baron Höning' – wie, der Staatsanwalt? – ‚sich heut früh den Papa hat kommen lassen. Du weißt ja, wie der Baron den Papa hoch schätzt, ja geradezu liebt. Vor anderthalb Jahren, damals, wie es auch an einem Haar gehangen hat, hat er persönlich mit den Hauptgläubigern gesprochen und die Sache noch im letzten Moment in Ordnung gebracht. Aber diesmal ist absolut nichts zu machen, wenn das Geld nicht beschafft wird. Und abgesehen davon, dass wir alle ruiniert sind, wird es ein Skandal, wie er noch nicht da war. Denk dir, ein Advokat, ein berühmter Advokat, – der – nein, ich kann es gar nicht niederschreiben. Ich kämpfe immer mit den Tränen. Du weißt ja, Kind, du bist ja klug, wir waren ja, Gott sei's geklagt, schon ein paar Mal in einer ähnlichen Situation und die Familie hat immer herausgeholfen. Zuletzt hat es sich gar um hundertzwanzigtausend gehandelt. Aber damals hat der Papa einen Revers unterschreiben müssen, dass er niemals wieder an die Verwandten, speziell an den Onkel Bernhard, herantreten wird.' – Na weiter, weiter, wo will denn das hin? Was kann denn ich dabei tun? – ‚Der Einzige, an den man eventuell noch denken könnte, wäre der Onkel Viktor, der befindet sich aber unglücklicherweise auf einer Reise zum Nordkap oder nach Schottland' – Ja, der hat's gut, der ekelhafte Kerl – ‚und ist absolut unerreichbar, wenigstens für den Moment. An die Kollegen, speziell Dr. Sch., der Papa schon öfter ausgeholfen hat' – Herrgott, wie stehn wir da – ‚ist nicht mehr zu denken, seit er sich wieder verheiratet hat.' – Also was denn, was denn, was wollt ihr denn von mir? – ‚Und da ist nun dein Brief gekommen, mein liebes Kind, wo du unter andern Dorsday erwähnst, der sich auch in Fratazza aufhält, und das ist uns wie ein Schicksalswink erschienen. Du weißt ja, wie oft Dorsday in früheren Jahren zu uns gekommen ist' – na, gar so oft – ‚es ist der reine Zufall, dass er sich seit zwei, drei Jahren seltener blicken lässt; er soll in ziemlich festen Banden sein – unter uns, nichts sehr Feines.' – Warum ‚unter uns'? – ‚Im Residenzklub hat Papa jeden Donnerstag noch immer seine Whistpartie mit ihm, und im verflossenen Winter hat er ihm im Prozess gegen einen andern Kunsthändler ein hübsches Stück Geld gerettet. Im Übrigen, warum sollst du es nicht wissen, er ist schon früher einmal dem Papa beigesprungen.' – Hab ich mir gedacht. – ‚Es hat sich damals um eine Bagatelle gehandelt, achttausend Gulden, – aber schließlich – dreißig bedeuten für Dorsday auch keinen Betrag. Darum hab ich mir gedacht, ob du uns nicht die Liebe erweisen und mit Dorsday reden könntest.' – Was? – ‚Dich hat er ja immer besonders gern gehabt.' – Hab nichts davon gemerkt. Die Wange hat er mir gestreichelt, wie ich zwölf oder dreizehn Jahre alt war. ‚Schon ein ganzes Fräulein.' – ‚Und da Papa seit den achttausend glücklicherweise nicht mehr an ihn herangetreten ist, so wird er ihm diesen Liebesdienst nicht verweigern. Neulich soll er an einem Rubens, den er nach Amerika verkauft hat, allein achtzigtausend verdient haben. Das darfst du selbstverständlich nicht erwähnen.' – Hältst du mich für eine Gans, Mama? – ‚Aber im Übrigen kannst du ganz aufrichtig zu ihm reden. Auch, dass der Baron Höning sich den Papa hat kommen lassen, kannst du erwähnen, wenn es sich so ergeben sollte. Und dass mit den dreißigtausend tatsächlich das Schlimmste abgewendet ist, nicht nur für den Moment, sondern, so Gott will, für immer.' – Glaubst du wirklich, Mama? – ‚Denn der Prozess Erbesheimer, der glänzend steht, trägt dem Papa sicher hunderttausend, aber selbstverständlich kann er gerade in diesem Stadium von den Erbesheimers nichts verlangen. Also, ich bitte dich, Kind, sprich mit Dorsday. Ich versichere dich, es ist nichts dabei. Papa hätte ihm ja einfach telegrafieren können, wir haben es ernstlich überlegt, aber es ist doch etwas ganz anderes, Kind, wenn man mit einem Menschen persönlich spricht. Am sechsten um zwölf muss das Geld da sein, Doktor F.' – Wer ist Doktor F.? Ach ja, Fiala. – ‚ist unerbittlich. Natürlich ist da auch persönliche Rancune dabei. Aber da es sich unglücklicherweise um Mündelgelder handelt' – Um Gottes willen! Papa, was hast du getan? – ‚kann man nichts machen. Und wenn das Geld am fünften um zwölf Uhr mittags nicht in Fialas Händen ist, wird der Haftbefehl erlassen, vielmehr so lange hält der Baron Höning ihn noch zurück. Also Dorsday müsste die Summe telegraphisch durch seine Bank an Doktor F. überweisen lassen. Dann sind wir gerettet. Im andern Fall weiß Gott, was geschieht. Glaub mir, du vergibst dir nicht das Geringste, mein geliebtes Kind. Papa hatte ja anfangs Bedenken gehabt. Er hat sogar noch Versuche gemacht auf zwei verschiedenen Seiten. Aber er ist ganz verzweifelt nach Hause gekommen.' – Kann Papa überhaupt verzweifelt sein? – ‚Vielleicht nicht einmal so sehr wegen des Geldes, als darum, weil die Leute sich so schändlich gegen ihn benehmen. Der eine von ihnen war einmal Papas bester Freund. Du kannst dir denken, wen ich meine.' – Ich kann mir gar nichts denken. Papa hat so viel beste Freunde gehabt und in Wirklichkeit keinen. Warnsdorf vielleicht? – ‚Um ein Uhr ist Papa nach Hause gekommen, und jetzt ist es vier Uhr früh. Jetzt schläft er endlich, Gott sei Dank.' – Wenn er lieber nicht aufwachte, das wär das Beste für ihn. – ‚Ich gebe den Brief in aller Früh selbst auf die Post, express, da musst du ihn vormittags am Dritten haben.' – Wie hat sich Mama das vorgestellt? Sie kennt sich doch in diesen Dingen nie aus. – ‚Also sprich sofort mit Dorsday, ich beschwöre dich, und telegraphiere sofort, wie es ausgefallen ist. Vor Tante Emma lass dir um Gottes willen nichts merken, es ist ja traurig genug, dass man sich in einem solchen Fall an die eigene Schwester nicht wenden kann, aber da könnte man ja ebenso gut zu einem

Stein reden. Mein liebes, liebes Kind, mir tut es ja so Leid, dass du in deinen jungen Jahren solche Dinge mitmachen musst, aber glaub mir, der Papa ist zum geringsten Teil selber daran schuld.' – Wer denn, Mama? – ‚Nun, hoffen wir zu Gott, dass der Prozess Erbesheimer in jeder Hinsicht einen Abschnitt in unserer Existenz bedeutet. Nur über diese paar Wochen müssen wir hinaus sein. Es wäre doch ein wahrer Hohn, wenn wegen der dreißigtausend Gulden ein Unglück geschähe?' – Sie meint doch nicht im Ernst, dass Papa sich selber ... Aber wäre – das andere nicht noch schlimmer? – ‚Nun schließe ich, mein Kind, ich hoffe, du wirst unter allen Umständen' – Unter allen Umständen? – ‚noch über die Feiertage, wenigstens bis Neunten oder Zehnten in San Martino bleiben können. Unseretwegen musst du keineswegs zurück. Grüße die Tante, sei nur weiter nett mit ihr. Also nochmals, sei uns nicht böse, mein liebes gutes Kind, und sei tausendmal' – ja, das weiß ich schon.

Also, ich soll Herrn Dorsday anpumpen ... Irrsinnig. Wie stellt sich Mama das vor? Warum hat sich Papa nicht einfach auf die Bahn gesetzt und ist hergefahren? – Wär grad so geschwind gegangen wie der Expressbrief. Aber vielleicht hätten sie ihn auf dem Bahnhof wegen Fluchtverdacht – – Furchtbar, furchtbar! Auch mit den dreißigtausend wird uns ja nicht geholfen sein. Immer diese Geschichten! Seit sieben Jahren! Nein – länger. Wer möcht mir das ansehen? Niemand sieht mir was an, auch dem Papa nicht. Und doch wissen es alle Leute. Rätselhaft, dass wir uns immer noch halten. Wie man alles gewöhnt! Dabei leben wir eigentlich ganz gut. Mama ist wirklich eine Künstlerin. Das Souper am letzten Neujahrstag für vierzehn Personen – unbegreiflich. Aber dafür meine zwei Paar Ballhandschuhe, die waren eine Affäre. Und wie der Rudi neulich dreihundert Gulden gebraucht hat, da hat die Mama beinah geweint. Und der Papa ist dabei immer gut aufgelegt. Immer? Nein. O nein. In der Oper neulich bei Figaro sein Blick, – plötzlich ganz leer – ich bin erschrocken. Da war er wie ein ganz anderer Mensch. Aber dann haben wir im Grand Hotel soupiert und er war so glänzend aufgelegt wie nur je. Und da halte ich den Brief in der Hand. Der Brief ist ja irrsinnig. Ich soll mit Dorsday sprechen? Zu Tod würde ich mich schämen. – – Schämen, ich mich? Warum? Ich bin ja nicht schuld. – Wenn ich doch mit Tante Emma spräche? Unsinn. Sie hat wahrscheinlich gar nicht so viel Geld zur Verfügung. Der Onkel ist ja ein Geizkragen. Ach Gott, warum habe ich kein Geld? Warum hab ich mir noch nichts verdient? Warum habe ich nichts gelernt? Oh, ich habe was gelernt! Wer darf sagen, dass ich nichts gelernt habe? Ich spiele Klavier, ich kann Französisch, Englisch, auch ein bissl Italienisch, habe kunstgeschichtliche Vorlesungen besucht – Haha! Und wenn ich schon was Gescheiteres gelernt hätte, was hülfe es mir? Dreißigtausend Gulden hätte ich mir keineswegs erspart. –

Aus ist es mit dem Alpenglühen. Der Abend ist nicht mehr wunderbar. Traurig ist die Gegend. Nein, nicht die Gegend, aber das Leben ist traurig. Und ich sitz da ruhig auf dem Fensterbrett. Und der Papa soll eingesperrt werden. Nein. Nie und nimmer. Es darf nicht sein. Ich werde ihn retten. Ja, Papa, ich werde dich retten. Es ist ja ganz einfach. Ein paar Worte ganz nonchalant, das ist ja mein Fall, ‚hochgemut', – haha, ich werde Herrn Dorsday behandeln, als wenn es eine Ehre für ihn wäre, uns Geld zu leihen. Es ist ja auch eine. – Herr von Dorsday, haben Sie vielleicht einen Moment Zeit für mich? Ich bekomme da eben einen Brief von Mama, sie ist in augenblicklicher Verlegenheit, – vielmehr der Papa – ‚Aber selbstverständlich, mein Fräulein, mit dem größten Vergnügen. Um wie viel handelt es sich denn?' – Wenn er mir nur nicht so unsympathisch wäre. Auch die Art, wie er mich ansieht. Nein, Herr Dorsday, ich glaube Ihnen Ihre Eleganz nicht und nicht Ihr Monokel und nicht Ihre Noblesse. Sie könnten ebenso gut mit alten Kleidern handeln wie mit alten Bildern. – Aber Else! Else, was fällt dir denn ein. – Oh, ich kann mir das erlauben. Mir sieht's niemand an. Ich bin sogar blond, rötlich blond, und Rudi sieht absolut aus wie ein Aristokrat. Bei der Mama merkt man es freilich gleich, wenigstens im Reden. Beim Papa wieder gar nicht. Übrigens sollen sie es merken. Ich verleugne es durchaus nicht und Rudi erst recht nicht. Im Gegenteil. Was täte der Rudi, wenn der Papa eingesperrt würde? Würde er sich erschießen? Aber Unsinn! Erschießen und Kriminal, all die Sachen gibt's ja gar nicht, die stehn nur in der Zeitung.

Die Luft ist wie Champagner. In einer Stunde ist das Diner, das ‚Dinner'. Ich kann die Cissy nicht leiden. Um ihr Mäderl kümmert sie sich überhaupt nicht. Was zieh ich an? Das Blaue oder das Schwarze? Heut wär vielleicht das Schwarze richtiger. Zu dekolletiert? Toilette de circonstance heißt es in den französischen Romanen. Jedenfalls muss ich berückend aussehen, wenn ich mit Dorsday rede. Nach dem Dinner, nonchalant. Seine Augen werden sich in meinen Ausschnitt bohren. Widerlicher Kerl. Ich hasse ihn. Alle Menschen hasse ich. Muss es gerade Dorsday sein? Gibt es denn wirklich nur diesen Dorsday auf der Welt, der dreißigtausend Gulden hat? Wenn ich mit Paul spräche? Wenn er der Tante sagte, er hat Spielschulden, – da würde sie sich das Geld sicher verschaffen können. –

Beinah schon dunkel. Nacht, Grabesnacht. Am liebsten möcht ich tot sein. – Es ist ja gar nicht wahr. Wenn ich jetzt gleich hinunterginge, Dorsday noch vor dem Diner spräche? Ah, wie entsetzlich! – Paul, wenn du mir die dreißigtausend verschaffst, kannst du von mir haben, was du willst. Das ist ja schon wieder aus einem Roman. Die edle Tochter verkauft sich für den geliebten Vater, und hat am End noch ein Vergnügen davon. Pfui Teufel! Nein, Paul, auch für dreißigtausend kannst du von mir nichts haben. Niemand. Aber für eine Million? – Für ein Palais? Für eine Perlenschnur? Wenn ich einmal heirate, werde ich es wahrscheinlich billiger tun. Ist es denn gar so schlimm? Die Fanny hat sich am Ende auch verkauft. Sie hat mir selber gesagt, dass sie sich vor ihrem Manne graust. Nun, wie wär's, Papa, wenn ich mich heute Abend versteigerte? Um dich vor dem Zuchthaus zu retten. Sensation –! Ich habe Fieber, ganz gewiss. Oder bin ich schon unwohl? Nein, Fieber habe ich. Vielleicht von der Luft. Wie Champagner. – Wenn Fred hier wäre, könnte er mir raten? Ich brauche keinen Rat. Es gibt ja auch nichts zu raten. Ich werde mit Herrn Dorsday aus Eperies sprechen, werde ihn anpumpen, ich, die Hochgemute, die Aristokratin, die Marchesa, die Bettlerin, die Tochter des Defraudanten. Wie komm ich dazu? Wie komm ich dazu? Keine klettert so gut wie ich, keine hat so viel Schneid, – sporting girl, in England hätte ich auf die Welt kommen sollen, oder als Gräfin.

Da hängen die Kleider im Kasten! Ist das grüne Loden überhaupt schon bezahlt, Mama? Ich glaube nur eine Anzahlung. Das schwarze zieh ich an. Sie haben mich gestern alle angestarrt. Auch der blasse kleine Herr mit dem goldenen Zwicker. Schön bin ich eigentlich nicht, aber interessant. Zur Bühne hätte ich gehen sollen. Bertha hat schon drei Liebhaber, keiner nimmt es ihr übel … In Düsseldorf war es der Direktor. Mit einem verheirateten Manne war sie in Hamburg und hat im Atlantic gewohnt, Appartement mit Badezimmer. Ich glaub gar, sie ist stolz darauf. Dumm sind sie alle. Ich werde hundert Geliebte haben, tausend, warum nicht? Der Ausschnitt ist nicht tief genug; wenn ich verheiratet wäre, dürfte er tiefer sein. – Gut, dass ich Sie treffe, Herr von Dorsday, ich bekomme da eben einen Brief aus Wien … Den Brief stecke ich für alle Fälle zu mir. Soll ich dem Stubenmädchen läuten? Nein, ich mache mich allein fertig. Zu dem schwarzen Kleid brauche ich niemanden. Wäre ich reich, würde ich nie ohne Kammerjungfer reisen. Ich muss Licht machen. Kühl wird es. Fenster zu. Vorhang herunter? – Überflüssig. Steht keiner auf dem Berg drüben mit einem Fernrohr. Schade. – Ich bekomme da eben einen Brief, Herr von Dorsday. – Nach dem Dinner wäre es doch vielleicht besser. Man ist in leichterer Stimmung. Auch Dorsday – ich könnt ja ein Glas Wein vorher trinken. Aber wenn die Sache vor dem Diner abgetan wäre, würde mir das Essen besser schmecken. Pudding à la merveille, fromage et fruits divers. Und wenn Herr von Dorsday nein sagt? – Oder wenn er gar frech wird? Ah nein, mit mir ist noch keiner frech gewesen. Das heißt, der Marineleutnant Brandl, aber es war nicht bös gemeint. – Ich bin wieder etwas schlanker geworden. Das steht mir gut. – Die Dämmerung starrt herein. Wie ein Gespenst starrt sie herein. Wie hundert Gespenster. Aus meiner Wiese herauf steigen die Gespenster. Wie weit ist Wien! Wie lange bin ich schon fort? Wie allein bin ich da! Ich habe keine Freundin, ich habe auch keinen Freund. Wo sind sie alle? Wen werd ich heiraten? Wer heiratet die Tochter eines Defraudanten? – Eben erhalte ich einen Brief, Herr von Dorsday. – ‚Aber es ist doch gar nicht der Rede wert, Fräulein Else, gestern erst habe ich einen Rembrandt verkauft. Sie beschämen mich, Fräulein Else.' Und jetzt reißt er ein Blatt aus seinem Scheckbuch und unterschreibt mit seiner goldenen Füllfeder; und morgen früh fahr ich mit dem Scheck nach Wien. Jedenfalls; auch ohne Scheck. Ich bleibe nicht mehr hier. Ich könnte ja gar nicht, ich dürfte ja gar nicht. Ich lebe hier als elegante junge Dame und Papa steht mit einem Fuß im Grab – nein im Kriminal. Das vorletzte Paar Seidenstrümpfe. Den kleinen Riss grad unterm Knie merkt niemand. Niemand? Wer weiß. Nicht frivol sein, Else. – Bertha ist einfach ein Luder. Aber ist die Christine um ein Haar besser? Ihr künftiger Mann kann sich freuen. Mama war gewiss immer eine treue Gattin. Ich werde nicht treu sein. Ich bin hochgemut, aber ich werde nicht treu sein. Die Filous sind mir gefährlich. Die Marchesa hat gewiss einen Filou zum Liebhaber. Wenn Fred mich wirklich kennte, dann wäre es aus mit seiner Verehrung. – ‚Aus Ihnen hätte alles Mögliche werden können, Fräulein, eine Pianistin, eine Buchhalterin, eine Schauspielerin, es stecken so viele Möglichkeiten in Ihnen. Aber es ist Ihnen immer zu gut gegangen.' Zu gut gegangen. Haha. Fred überschätzt mich. Ich hab ja eigentlich zu nichts Talent. – Wer weiß? So weit wie Bertha hätte ich es auch noch gebracht. Aber mir fehlt es an Energie. Junge Dame aus guter Familie. Ha, gute Familie. Der Vater veruntreut Mündelgelder. Warum tust du mir das an, Papa? Wenn du noch etwas davon hättest! Aber an der Börse verspielt! Ist das der Mühe wert? Und die dreißigtausend werden dir auch nichts helfen. Für ein Vierteljahr vielleicht. Endlich wird er doch durchgehen müssen. Vor anderthalb Jahren war es ja fast schon so weit.

Da kam noch Hilfe. Aber einmal wird sie nicht kommen – und was geschieht dann mit uns? Rudi wird nach Rotterdam gehen zu Vanderhulst in die Bank. Aber ich? Reiche Partie. Oh, wenn ich es darauf anlegte! Ich bin heute wirklich schön. Das macht wahrscheinlich die Aufregung. Für wen bin ich schön? Wäre ich froher, wenn Fred hier wäre? Ach, Fred ist im Grunde nichts für mich. Kein Filou! Aber ich nähme ihn, wenn er Geld hätte. Und dann käme ein Filou – und das Malheur wäre fertig. – Sie möchten wohl gern ein Filou sein, Herr von Dorsday? – Von weitem sehen Sie manchmal auch so aus. Wie ein verlebter Vicomte, wie ein Don Juan – mit Ihrem blöden Monokel und Ihrem weißen Flanellanzug. Aber ein Filou sind Sie noch lange nicht. – Habe ich alles? Fertig zum ‚Dinner'? – Was tue ich aber eine Stunde lang, wenn ich Dorsday nicht treffe? Wenn er mit der unglücklichen Frau Winawer spazieren geht? Ach, sie ist gar nicht unglücklich, sie braucht keine dreißigtausend Gulden. Also ich werde mich in die Halle setzen, großartig in einen Fauteuil, schau mir die Illustrated News an und die Vie parisienne, schlage die Beine übereinander, – den Riss unter dem Knie wird man nicht sehen. Vielleicht ist gerade ein Milliardär angekommen. – Sie oder keine. – Ich nehme den weißen Schal, der steht mir gut. Ganz ungezwungen lege ich ihn um meine herrlichen Schultern. Für wen habe ich sie denn, die herrlichen Schultern? Ich könnte einen Mann sehr glücklich machen. Wäre nur der rechte Mann da. Aber Kind will ich keines haben. Ich bin nicht mütterlich. Marie Weil ist mütterlich. Mama ist mütterlich, Tante Irene ist mütterlich. Ich habe eine edle Stirn und eine schöne Figur. – ‚Wenn ich Sie malen dürfte, wie ich wollte, Fräulein Else.' – Ja, das möchte Ihnen passen. Ich weiß nicht einmal seinen Namen mehr. Tizian hat er keineswegs geheißen, also war es eine Frechheit. – Eben erhalte ich einen Brief, Herr von Dorsday. – Noch etwas Puder auf den Nacken und Hals, einen Tropfen Verveine ins Taschentuch, Kasten zusperren, Fenster wieder auf, ah, wie wunderbar! Zum Weinen. Ich bin nervös. Ach, soll man nicht unter solchen Umständen nervös sein. Die Schachtel mit dem Veronal hab ich bei den Hemden. Auch neue Hemden brauchte ich. Das wird wieder eine Affäre sein. Ach Gott.

Unheimlich, riesig der Cimone, als wenn er auf mich herunterfallen wollte! Noch kein Stern am Himmel. Die Luft ist wie Champagner. Und der Duft von den Wiesen! Ich werde auf dem Land leben. Einen Gutsbesitzer werde ich heiraten und Kinder werde ich haben. Doktor Froriep war vielleicht der Einzige, mit dem ich glücklich geworden wäre. Wie schön waren die beiden Abende hintereinander, der erste bei Kniep, und dann der auf dem

Künstlerball. Warum ist er plötzlich verschwunden – wenigstens für mich? Wegen Papa vielleicht? Wahrscheinlich. Ich möchte einen Gruß in die Luft hinausrufen, ehe ich wieder hinuntersteige unter das Gesindel. Aber zu wem soll der Gruß gehen? Ich bin ja ganz allein. Ich bin ja so furchtbar allein, wie es sich niemand vorstellen kann. Sei gegrüßt, mein Geliebter. Wer? Sei gegrüßt, mein Bräutigam! Wer? Sei gegrüßt, mein Freund! Wer? – Fred? – Aber keine Spur. So, das Fenster bleibt offen. Wenn's auch kühl wird. Licht abdrehen. So. – Ja richtig, den Brief. Ich muss ihn zu mir nehmen für alle Fälle. Das Buch aufs Nachtkastel, ich lese heut Nacht noch weiter in ‚Notre Coeur', unbedingt, was immer geschieht. Guten Abend, schönstes Fräulein im Spiegel, behalten Sie mich in gutem Angedenken, auf Wiedersehen …

Warum sperre ich die Tür zu? Hier wird nichts gestohlen. Ob Cissy in der Nacht ihre Türe offen lässt? Oder sperrt sie ihm erst auf, wenn er klopft? Ist es denn ganz sicher? Aber natürlich. Dann liegen sie zusammen im Bett. Unappetitlich. Ich werde kein gemeinsames Schlafzimmer haben mit meinem Mann und mit meinen tausend Geliebten. – Leer ist das ganze Stiegenhaus! Immer um diese Zeit. Meine Schritte hallen. Drei Wochen bin ich jetzt da. Am zwölften August bin ich von Gmunden abgereist. Gmunden war langweilig. Woher hat der Papa das Geld gehabt, Mama und mich aufs Land zu schicken? Und Rudi war sogar vier Wochen auf Reisen. Weiß Gott wo. Nicht zweimal hat er geschrieben in der Zeit. Nie werde ich unsere Existenz verstehen. Schmuck hat die Mama freilich keinen mehr. – Warum war Fred nur zwei Tage in Gmunden? Hat sicher auch eine Geliebte! Vorstellen kann ich es mir zwar nicht. Ich kann mir überhaupt gar nichts vorstellen. Acht Tage sind es, dass er mir nicht geschrieben hat. Er schreibt schöne Briefe. – Wer sitzt denn dort an dem kleinen Tisch? Nein, Dorsday ist es nicht. Gott sei Dank. Jetzt vor dem Diner wäre es doch unmöglich, ihm etwas zu sagen. – Warum schaut mich der Portier so merkwürdig an? Hat er am Ende den Expressbrief von der Mama gelesen? Mir scheint, ich bin verrückt. Ich muss ihm nächstens wieder ein Trinkgeld geben. – Die Blonde da ist auch schon zum Diner angezogen. Wie kann man so dick sein! – Ich werde noch vor's Hotel hinaus und ein bisschen auf und ab gehen. Oder ins Musikzimmer? Spielt da nicht wer? Eine Beethovensonate! Wie kann man hier eine Beethovensonate spielen! Ich vernachlässige mein Klavierspiel. In Wien werde ich wieder regelmäßig üben. Überhaupt ein anderes Leben anfangen. Das müssen wir alle. So darf es nicht weitergehen. Ich werde einmal ernsthaft mit Papa sprechen – wenn noch Zeit dazu sein sollte. Es wird, es wird. Warum habe ich es noch nie getan? Alles in unserem Haus wird mit Scherzen erledigt, und keinem ist scherzhaft zu Mut. Jeder hat eigentlich Angst vor dem andern, jeder ist allein. Die Mama ist allein, weil sie nicht gescheit genug ist und von niemandem was weiß, nicht von mir, nicht von Rudi und nicht vom Papa. Aber sie spürt es nicht und Rudi spürt es auch nicht. Er ist ja ein netter eleganter Kerl, aber mit einundzwanzig hat er mehr versprochen. Es wird gut für ihn sein, wenn er nach Holland geht. Aber wo werde ich hingehen? Ich möchte fortreisen und tun können, was ich will. Wenn Papa nach Amerika durchgeht, begleite ich ihn. Ich bin schon ganz konfus ... Der Portier wird mich für wahnsinnig halten, wie ich da auf der Lehne sitze und in die Luft starre. Ich werde mir eine Zigarette anzünden. Wo ist meine Zigarettendose? Oben. Wo nur? Das Veronal habe ich bei der Wäsche. Aber wo habe ich die Dose? Da kommen Cissy und Paul. Ja, sie muss sich endlich umkleiden zum ‚Dinner', sonst hätten sie noch im Dunkeln weitergespielt. – Sie sehen mich nicht. Was sagt er ihr denn? Warum lacht sie so blitzdumm? Wär lustig, ihrem Gatten einen anonymen Brief nach Wien zu schreiben. Wäre ich so was imstande? Nie. Wer weiß? Jetzt haben sie mich gesehen. Ich nicke ihnen zu. Sie ärgert sich, dass ich so hübsch aussehe. Wie verlegen sie ist.

„*Wie, Else, Sie sind schon fertig zum Diner?*" – Warum sagt sie jetzt Diner und nicht Dinner. Nicht einmal konsequent ist sie. – „Wie Sie sehen, Frau Cissy." – „*Du siehst wirklich entzückend aus, Else, ich hätte große Lust, dir den Hof zu machen.*" – „Erspar dir die Mühe, Paul, gib mir lieber eine Zigarette." – „*Aber mit Wonne.*" – „Dank schön. Wie ist das Single ausgefallen?" – „*Frau Cissy hat mich dreimal hintereinander geschlagen.*" – „*Er war nämlich zerstreut. Wissen Sie übrigens, Else, dass morgen der Kronprinz von Griechenland hier ankommt?*" – Was kümmert mich der Kronprinz von Griechenland? „So, wirklich?" O Gott, – Dorsday mit Frau Winawer! Sie grüßen. Sie gehen weiter. Ich habe zu höflich zurückgegrüßt. Ja, ganz anders als sonst. Oh, was bin ich für eine Person. – „*Deine Zigarette brennt ja nicht, Else?*" – „Also, gib mir noch einmal Feuer. Danke." – „*Ihr Schal ist sehr hübsch, Else, zu dem schwarzen Kleid steht er Ihnen fabelhaft. Übrigens muss ich mich jetzt auch umziehen.*" – Sie soll lieber nicht weggehen, ich habe Angst vor Dorsday. – „*Und für sieben habe ich mir die Friseurin bestellt, sie ist famos. Im Winter ist sie in Mailand. Also adieu, Else, adieu, Paul.*" – „*Küss die Hand, gnädige Frau.*" „Adieu, Frau Cissy." – Fort ist sie. Gut, dass Paul wenigstens dableibt. „*Darf ich mich einen Moment zu dir setzen, El-*

se, oder stör ich dich in deinen Träumen?" – „Warum in meinen Träumen? Vielleicht in meinen Wirklichkeiten." Das heißt eigentlich gar nichts. Er soll lieber fortgehen. Ich muss ja doch mit Dorsday sprechen. Dort steht er noch immer mit der unglücklichen Frau Winawer, er langweilt sich, ich seh es ihm an, er möchte zu mir herüberkommen. – *„Gibt es denn solche Wirklichkeiten, in denen du nicht gestört sein willst?"* – Was sagt er da? Er soll zum Teufel gehen. Warum lächle ich ihn so kokett an? Ich mein ihn ja gar nicht. Dorsday schielt herüber. Wo bin ich? Wo bin ich? *„Was hast du denn heute, Else?"* – „Was soll ich denn haben?" – *„Du bist geheimnisvoll, dämonisch, verführerisch."* – „Red keinen Unsinn, Paul." *„Man könnte geradezu toll werden, wenn man dich ansieht."* – Was fällt ihm denn ein? Wie redet er denn zu mir? Hübsch ist er. Der Rauch meiner Zigarette verfängt sich in seinen Haaren. Aber ich kann ihn jetzt nicht brauchen. *„Du siehst so über mich hinweg. Warum denn, Else?"* – Ich antworte gar nichts. Ich kann ihn nicht brauchen. Ich mache mein unausstehlichstes Gesicht. Nur keine Konversation jetzt. – *„Du bist mit deinen Gedanken ganz woanders."* – „Das dürfte stimmen." Er ist Luft für mich. Merkt Dorsday, dass ich ihn erwarte? Ich sehe nicht hin, aber ich weiß, dass er hersieht. – *„Also, leb wohl, Else."* – Gott sei Dank. Er küsst mir die Hand. Das tut er sonst nie. „Adieu, Paul." Wo hab ich die schmelzende Stimme her? Er geht, der Schwindler. Wahrscheinlich muss er noch etwas abmachen mit Cissy wegen heute Nacht. Wünsche viel Vergnügen. Ich ziehe den Schal um meine Schulter und stehe auf und geh vors Hotel hinaus. Wird freilich schon etwas kühl sein. Schad, dass ich meinen Mantel – Ah, ich habe ihn ja heute früh in die Portierloge hineingehängt. Ich fühle den Blick von Dorsday auf meinem Nacken, durch den Schal. Frau Winawer geht jetzt hinauf in ihr Zimmer. Wieso weiß ich denn das? Telepathie. „Ich bitte Sie, Herr Portier –" *„Fräulein wünschen den Mantel?"* – „Ja, bitte." – *„Schon etwas kühl die Abende, Fräulein. Das kommt bei uns so plötzlich."* – „Danke." Soll ich wirklich vors Hotel? Gewiss, was denn? Jedenfalls zur Türe hin. Jetzt kommt einer nach dem andern. Der Herr mit dem goldenen Zwicker. Der lange Blonde mit der grünen Weste. Alle sehen sie mich an. Hübsch ist diese kleine Genferin. Nein, aus Lausanne ist sie. Es ist eigentlich gar nicht so kühl.

„Guten Abend, Fräulein Else." – Um Gottes willen, er ist es. Ich sage nichts von Papa. Kein Wort. Erst nach dem Essen. Oder ich reise morgen nach Wien. Ich gehe persönlich zu Doktor Fiala. Warum ist mir das nicht gleich eingefallen? Ich wende mich um mit einem Gesicht, als wüsste ich nicht, wer hinter mir steht. „Ah,

Herr von Dorsday." – *„Sie wollen noch einen Spaziergang machen, Fräulein Else?"* – „Ach, nicht gerade einen Spaziergang, ein bisschen auf und ab gehen vor dem Diner." – *„Es ist fast noch eine Stunde bis dahin."* – „Wirklich?" Es ist gar nicht so kühl. Blau sind die Berge. Lustig wär's, wenn er plötzlich um meine Hand anhielte. – *„Es gibt doch auf der Welt keinen schöneren Fleck als diesen hier."* – „Finden Sie, Herr von Dorsday? Aber bitte, sagen Sie nicht, dass die Luft hier wie Champagner ist." – *„Nein, Fräulein Else, das sage ich erst von zweitausend Metern an. Und hier stehen wir kaum sechzehnhundertfünfzig über dem Meeresspiegel."* – „Macht das einen solchen Unterschied?" – *„Aber selbstverständlich. Waren Sie schon einmal im Engadin?"* – „Nein, noch nie. Also dort ist die Luft wirklich wie Champagner?" – *„Man könnte es beinah sagen. Aber Champagner ist nicht mein Lieblingsgetränk. Ich ziehe diese Gegend vor. Schon wegen der wundervollen Wälder."* – Wie langweilig er ist. Merkt er das nicht? Er weiß offenbar nicht recht, was er mit mir reden soll. Mit einer verheirateten Frau wäre es einfacher. Man sagt eine kleine Unanständigkeit und die Konversation geht weiter. – *„Bleiben Sie noch längere Zeit hier in San Martino, Fräulein Else?"* – Idiotisch. Warum schau ich ihn so kokett an? Und schon lächelt er in der gewissen Weise. Nein, wie dumm die Männer sind. „Das hängt zum Teil von den Dispositionen meiner Tante ab." Ist ja gar nicht wahr. Ich kann ja allein nach Wien fahren. „Wahrscheinlich bis zum Zehnten." – *„Die Mama ist wohl noch in Gmunden?"* – „Nein, Herr von Dorsday. Sie ist schon in Wien. Schon seit drei Wochen. Papa ist auch in Wien. Er hat sich heuer kaum acht Tage Urlaub genommen. Ich glaube, der Prozess Erbesheimer macht ihm sehr viel Arbeit." – *„Das kann ich mir denken. Aber Ihr Papa ist wohl der Einzige, der Erbesheimer herausreißen kann ... Es bedeutet ja schon einen Erfolg, dass es überhaupt eine Zivilsache geworden ist."* – Das ist gut, das ist gut. „Es ist mir angenehm zu hören, dass auch Sie ein so günstiges Vorgefühl haben." – *„Vorgefühl? Inwiefern?"* – „Ja, dass der Papa den Prozess für Erbesheimer gewinnen wird." – *„Das will ich nicht einmal mit Bestimmtheit behauptet haben."* – Wie, weicht er schon zurück? Das soll ihm nicht gelingen. „Oh, ich halte etwas von Vorgefühlen und von Ahnungen. Denken Sie, Herr von Dorsday, gerade heute habe ich einen Brief von zu Hause bekommen." Das war nicht sehr geschickt. Er macht ein etwas verblüfftes Gesicht. Nur weiter, nicht schlucken. Er ist ein guter alter Freund von Papa. Vorwärts. Vorwärts. Jetzt oder nie. „Herr von Dorsday, Sie haben eben so lieb von Papa gesprochen, es wäre geradezu hässlich von mir, wenn ich nicht ganz aufrichtig zu Ihnen wäre." Was macht er denn für Kalbsaugen? O weh, er merkt was. Weiter, weiter. „Nämlich in dem Brief ist auch von Ihnen die Rede, Herr von Dorsday. Es ist nämlich ein Brief von Mama." – *„So."* – „Eigentlich ein sehr trauriger Brief. Sie kennen ja die Verhältnisse in unserem Haus, Herr von Dorsday." – Um Himmels willen, ich habe ja Tränen in der Stimme. Vorwärts, vorwärts, jetzt gibt es kein Zurück mehr. Gott sei Dank. „Kurz und gut, Herr von Dorsday, wir wären wieder einmal so weit." – Jetzt möchte er am liebsten verschwinden. „Es handelt sich – um eine Bagatelle. Wirklich nur um eine Bagatelle, Herr von Dorsday. Und doch, wie Mama schreibt, steht alles auf dem Spiel." Ich rede so blöd daher wie eine Kuh. – *„Aber beruhigen Sie sich doch, Fräulein Else."* – Das hat er nett gesagt. Aber meinen Arm braucht er darum nicht zu berühren. – *„Also, was gibt's denn eigentlich, Fräulein Else? Was steht denn in dem traurigen Brief von Mama!"* – „Herr von Dorsday, der Papa" – Mir zittern die Knie. „Die Mama schreibt mir, dass der Papa" – *„Aber um Gottes willen, Else, was ist Ihnen denn? Wollen Sie nicht lieber – hier ist eine Bank. Darf ich Ihnen den Mantel umgeben? Es ist etwas kühl."* – „Danke, Herr von Dorsday, oh, es ist nichts, gar nichts Besonderes." So, da sitze ich nun plötzlich auf der Bank. Wer ist die Dame, die da vorüberkommt? Kenn ich gar nicht. Wenn ich nur nicht weiterreden müsste. Wie er mich ansieht! Wie konntest du das von mir verlangen, Papa? Das war nicht recht von dir, Papa. Nun ist es einmal geschehen. Ich hätte bis nach dem Diner warten sollen. – *„Nun, Fräulein Else?"* – Sein Monokel baumelt. Dumm sieht das aus. Soll ich ihm antworten? Ich muss ja. Also geschwind, damit ich es hinter mir habe. Was kann mir denn passieren? Er ist ein Freund von Papa. „Ach Gott, Herr von Dorsday, Sie sind ja ein alter Freund unseres Hauses." Das habe ich sehr gut gesagt. „Und es wird Sie wahrscheinlich nicht wundern, wenn ich Ihnen erzähle, dass Papa sich wieder einmal in einer recht fatalen Situation befindet." Wie merkwürdig meine Stimme klingt. Bin das ich, die da redet? Träume ich vielleicht? Ich habe gewiss jetzt auch ein ganz anderes Gesicht als sonst. – *„Es wundert mich allerdings nicht übermäßig. Da haben Sie schon Recht, liebes Fräulein Else, – wenn ich es auch lebhaft bedauere."* – Warum sehe ich denn so flehend zu ihm auf? Lächeln, lächeln. Geht schon. – *„Ich empfinde für Ihren Papa eine so aufrichtige Freundschaft, für Sie alle."* – Er soll mich nicht so ansehen, es ist unanständig. Ich will anders zu ihm reden und nicht lächeln. Ich muss mich würdiger benehmen. „Nun, Herr von Dorsday, jetzt hätten Sie Gelegenheit, Ihre Freundschaft für meinen Vater zu beweisen." Gott sei Dank, ich habe meine alte Stimme wieder. „Es scheint nämlich, Herr von Dorsday, dass alle unsere Verwandten und Bekannten – die Mehrzahl ist noch nicht in Wien – sonst wäre Mama wohl nicht auf die Idee gekommen. – Neulich habe ich nämlich zufällig in einem Brief an Mama Ihrer Anwesenheit hier in Martine Erwähnung getan – unter anderm natürlich." *„Ich vermutete gleich, Fräulein Else, dass ich nicht das einzige Thema Ihrer Korrespondenz mit Mama vorstelle."* – Warum drückt er seine Knie an meine, während er da vor mir steht. Ach, ich lasse es mir gefallen. Was tut's! Wenn man einmal so tief gesunken ist. – „Die Sache verhält sich nämlich so. Doktor Fiala ist es, der diesmal dem Papa besondere Schwierigkeiten zu bereiten scheint." – *„Ach, Doktor Fiala."* – Er weiß offenbar auch, was er von diesem Fiala zu halten hat. „Ja, Doktor Fiala. Und die Summe, um die es sich handelt, soll am Fünften, das ist übermorgen um zwölf Uhr Mittag, – vielmehr, sie muss in seinen Händen sein, wenn nicht der Baron Höning – ja, denken Sie, der Baron hat Papa zu sich bitten lassen, privat, er liebt ihn nämlich sehr." Warum red ich denn von Höning, das wär ja gar nicht notwendig gewesen. – *„Sie wollen sagen, Else, dass andernfalls eine Verhaftung unausbleiblich wäre?"* – Warum sagt er das so hart? Ich antworte nicht, ich nicke nur. „Ja." Nun habe ich doch ja gesagt. *„Hm, das ist ja schlimm, das ist ja wirklich sehr – dieser hoch begabte, geniale Mensch. – Und um welchen Betrag handelt es sich denn eigentlich, Fräulein Else?"* –Warum lächelt er denn? Er findet es schlimm und er lächelt. Was meint er mit seinem Lächeln? Dass es gleichgültig ist, wie viel?

Und wenn er nein sagt! Ich bring mich um, wenn er nein sagt. Also, ich soll die Summe nennen. „Wie, Herr von Dorsday, ich habe noch nicht gesagt, wie viel? Eine Million." Warum sag ich das? Es ist doch jetzt nicht der Moment zum Spaßen? Aber wenn ich ihm dann sage, um wie viel weniger es in Wirklichkeit ist, wird er sich freuen. Wie er die Augen aufreißt? Hält er es am Ende wirklich für möglich, dass ihn der Papa um eine Million – „Entschuldigen Sie, Herr von Dorsday, dass ich in diesem Augenblick scherze. Es ist mir wahrhaftig nicht scherzhaft zumute." – Ja, ja, drück die Knie nur an, du darfst es dir ja erlauben. „Es handelt sich natürlich nicht um eine Million, es handelt sich im Ganzen um dreißigtausend Gulden, Herr von Dorsday, die bis übermorgen Mittag um zwölf Uhr in den Händen des Herrn Doktor Fiala sein müssen. Ja, Mama schreibt mir, dass Papa alle möglichen Versuche gemacht hat, aber wie gesagt, die Verwandten, die in Betracht kämen, befinden sich nicht in Wien." – O Gott, wie ich mich erniedrige. – „Sonst wäre es dem Papa natürlich nicht eingefallen, sich an Sie zu wenden, Herr von Dorsday, respektive mich zu bitten –" – Warum schweigt er? Warum bewegt er keine Miene? Warum sagt er nicht ja? Wo ist das Scheckbuch und die Füllfeder? Er wird doch um Himmels willen nicht nein sagen? Soll ich mich auf die Knie vor ihm werfen? O Gott! O Gott –

„Am Fünften sagten Sie, Fräulein Else?" – Gott sei Dank, er spricht. „Jawohl übermorgen, Herr von Dorsday, um zwölf Uhr mittags. Es wäre also nötig – ich glaube, brieflich ließe sich das kaum mehr erledigen." – *„Natürlich nicht, Fräulein Else, das müssten wir wohl auf telegraphischem Wege"* – ‚Wir', das ist gut, das ist sehr gut. – *„Nun, das wäre das wenigste. Wie viel sagten Sie, Else?"* – Aber er hat es ja gehört, warum quält er mich denn? „Dreißigtausend, Herr von Dorsday. Eigentlich eine lächerliche Summe." Warum habe ich das gesagt? Wie dumm. Aber er lächelt. Dummes Mädel, denkt er. Er lächelt ganz liebenswürdig. Papa ist gerettet. Er hätte ihm auch fünfzigtausend geliehen, und wir hätten uns allerlei anschaffen können. Ich hätte mir neue Hemden gekauft. Wie gemein ich bin. So wird man. – *„Nicht ganz so lächerlich, liebes Kind,"* – Warum sagt er ‚liebes Kind'? Ist das gut oder schlecht? – *„wie Sie sich das vorstellen. Auch dreißigtausend Gulden wollen verdient sein."* – „Entschuldigen Sie, Herr von Dorsday, nicht so habe ich es gemeint. Ich dachte nur, wie traurig es ist, dass Papa wegen einer solchen Summe, wegen einer solchen Bagatelle" – Ach Gott, ich verhasple mich ja schon wieder. „Sie können sich gar nicht denken, Herr von Dorsday, – wenn Sie auch einen gewissen Einblick in unsere Verhältnisse haben, wie furchtbar es für mich und besonders für Mama ist" – Er stellt den einen Fuß auf die Bank. Soll das elegant sein – oder was? – *„Oh, ich kann mir schon denken, liebe Else."* – Wie seine Stimme klingt, ganz anders, merkwürdig. – *„Und ich habe mir selbst schon manches Mal gedacht: Schade, schade um diesen genialen Menschen."* – Warum sagt er ‚schade'? Will er das Geld nicht hergeben? Nein, er meint es nur im Allgemeinen. Warum sagt er nicht endlich ja? Oder nimmt er das als selbstverständlich an? Wie er mich ansieht! Warum spricht er nicht weiter? Ah, weil die zwei Ungarinnen vorbeigehen. Nun steht er wenigstens wieder anständig da, nicht mehr mit dem Fuß auf der Bank. Die Krawatte ist zu grell für einen älteren Herrn. Sucht ihm die seine Geliebte aus? Nichts besonders Feines ‚unter uns', schreibt Mama. Dreißigtausend Gulden! Aber ich lächle ihn ja an. Warum lächle ich denn? Oh, ich bin feig. – *„Und wenn man wenigstens annehmen dürfte, mein liebes Fräulein Else, dass mit dieser Summe wirklich etwas getan wäre? Aber – Sie sind doch ein so kluges Geschöpf, Else, was wären diese dreißig-*

tausend Gulden? Ein Tropfen auf einen heißen Stein." – Um Gottes willen, er will das Geld nicht hergeben? Ich darf kein so erschrockenes Gesicht machen. Alles steht auf dem Spiel. Jetzt muss ich etwas Vernünftiges sagen und energisch. „O nein, Herr von Dorsday, diesmal wäre es kein Tropfen auf einen heißen Stein. Der Prozess Erbesheimer steht bevor, vergessen Sie das nicht, Herr von Dorsday, und der ist schon heute so gut wie gewonnen. Sie hatten ja selbst diese Empfindung, Herr von Dorsday. Und Papa hat auch noch andere Prozesse. Und außerdem habe ich die Absicht, Sie dürfen nicht lachen, Herr von Dorsday, mit Papa zu sprechen, sehr ernsthaft. Er hält etwas auf mich. Ich darf sagen, wenn jemand einen gewissen Einfluss auf ihn zu nehmen imstande ist, so bin es noch am ehesten ich." – „*Sie sind ja ein rührendes, ein entzückendes Geschöpf, Fräulein Else.*" – Seine Stimme klingt schon wieder. Wie zuwider ist mir das, wenn es so zu klingen anfängt bei den Männern. Auch bei Fred mag ich es nicht. – „*Ein entzückendes Geschöpf in der Tat.*" – Warum sagt er ‚in der Tat'? Das ist abgeschmackt. Das sagt man doch nur im Burgtheater. – „*Aber so gern ich Ihren Optimismus teilen möchte – wenn der Karren einmal so verfahren ist.*" – „Das ist er nicht, Herr von Dorsday. Wenn ich an Papa nicht glauben würde, wenn ich nicht ganz überzeugt wäre, dass diese dreißigtausend Gulden" – Ich weiß nicht, was ich weiter sagen soll. Ich kann ihn doch nicht geradezu anbetteln. Er überlegt. Offenbar. Vielleicht weiß er die Adresse von Fiala nicht? Unsinn. Die Situation ist unmöglich. Ich sitze da wie eine arme Sünderin. Er steht vor mir und bohrt mir das Monokel in die Stirn und schweigt. Ich werde aufstehen, das ist das Beste. Ich lasse mich nicht so behandeln. Papa soll sich umbringen. Ich werde mich auch umbringen. Eine Schande, dieses Leben. Am besten wär's, sich dort von dem Felsen hinunterzustürzen und aus wär's. Geschähe euch recht, allen. Ich stehe auf. – „*Fräulein Else*" – „Entschuldigen Sie, Herr von Dorsday, dass ich Sie unter diesen Umständen überhaupt bemüht habe. Ich kann Ihr ablehnendes Verhalten natürlich vollkommen verstehen." – So, aus, ich gehe. – „*Bleiben Sie, Fräulein Else.*" – Bleiben Sie, sagt er? Warum soll ich bleiben? Er gibt das Geld her. Ja. Ganz bestimmt. Er muss ja. Aber ich setze mich nicht noch einmal nieder. Ich bleibe stehen, als wär es nur für eine halbe Sekunde. Ich bin ein bisschen größer als er. – „*Sie haben meine Antwort noch nicht abgewartet, Else. Ich war ja schon einmal, verzeihen Sie, Else, dass ich das in diesem Zusammenhang erwähne,*" – Er müsste nicht so oft Else sagen – „*in der Lage, dem Papa aus einer Verlegenheit zu helfen. Allerdings mit einer – noch lächerlicheren Summe als diesmal, und schmeichelte mir keineswegs mit der Hoffnung, diesen Betrag jemals wiedersehen zu dürfen, – und so wäre eigentlich kein Grund vorhanden, meine Hilfe diesmal zu verweigern. Und gar wenn ein junges Mädchen wie Sie, Else, wenn Sie selbst als Fürbitterin vor mich hintreten –*" – Worauf will er hinaus? Seine Stimme ‚klingt' nicht mehr. Oder anders! Wie sieht er mich denn an? Er soll Acht geben!! – „*Also, Else, ich bin bereit – Doktor Fiala soll übermorgen um zwölf Uhr mittags die dreißigtausend Gulden haben – unter einer Bedingung.*" – Er soll nicht weiterreden, er soll nicht. „Herr von Dorsday, ich, ich persönlich übernehme die Garantie, dass mein Vater diese Summe zurückerstatten wird, sobald er das Honorar von Erbesheimer erhalten hat. Erbesheimers haben bisher überhaupt noch nichts gezahlt. Noch nicht einmal einen Vorschuss – Mama selbst schreibt mir" – „*Lassen Sie doch, Else, man soll niemals eine Garantie für einen anderen Menschen übernehmen, – nicht einmal für sich selbst.*" – Was will er? Seine Stimme klingt schon wieder. Nie hat mich ein Mensch so angeschaut. Ich ahne, wo er hinaus will. Wehe ihm! – „*Hätte ich es vor einer Stunde für möglich gehalten, dass ich in einem solchen Falle überhaupt mir jemals einfallen lassen würde, eine Bedingung zu stellen? Und nun tue ich es doch. Ja, Else, man ist eben nur ein Mann, und es ist nicht meine Schuld, dass Sie so schön sind, Else.*" – Was will er? Was will er –? – „*Vielleicht hätte ich heute oder morgen das Gleiche von Ihnen erbeten, was ich jetzt erbitten will, auch wenn Sie nicht eine Million, pardon – dreißigtausend Gulden von mir gewünscht hätten. Aber freilich, unter anderen Umständen hätten Sie mir wohl kaum Gelegenheit vergönnt, so lange Zeit unter vier Augen mit Ihnen zu reden.*" – „Oh, ich habe Sie wirklich allzu lange in Anspruch genommen, Herr von Dorsday." Das habe ich gut gesagt. Fred wäre zufrieden. Was ist das? Er fasst nach meiner Hand? Was fällt ihm denn ein? – „*Wissen Sie es denn nicht schon lange, Else.*" – Er soll meine Hand loslassen! Nun, Gott sei Dank, er lässt sie los. Nicht so nah, nicht so nah. – „*Sie müssten keine Frau sein, Else, wenn Sie es nicht gemerkt hätten. Je vous désire.*" – Er hätte es auch deutsch sagen können, der Herr Vicomte. – „*Muss ich noch mehr sagen?*" – „Sie haben schon zu viel gesagt, Herr Dorsday." Und ich stehe noch da. Warum denn? Ich gehe, ich gehe ohne Gruß. – „*Else! Else!*" – Nun ist er wieder neben mir. – „*Verzeihen Sie mir, Else. Auch ich habe nur einen Scherz gemacht, geradeso wie Sie vorher mit der Million. Auch meine Forderung stelle ich nicht so hoch – als Sie gefürchtet haben, wie ich leider sagen muss, – sodass die geringere Sie vielleicht angenehm überraschen wird. Bitte, bleiben Sie doch stehen, Else.*" –

Ich bleibe wirklich stehen. Warum denn? Da stehen wir uns gegenüber. Hätte ich ihm nicht einfach ins Gesicht schlagen sollen? Wäre nicht noch jetzt Zeit dazu? Die zwei Engländer kommen vorbei. Jetzt wäre der Moment. Gerade darum. Warum tu ich es denn nicht? Ich bin feig, ich bin zerbrochen, ich bin erniedrigt. Was wird er nun wollen statt der Million? Einen Kuss vielleicht? Darüber ließe sich reden. Eine Million zu dreißigtausend verhält sich wie – –. Komische Gleichungen gibt es. – „*Wenn Sie wirklich einmal eine Million brauchen sollten, Else, – ich bin zwar kein reicher Mann, dann wollen wir sehen. Aber für diesmal will ich genügsam sein, wie Sie. Und für diesmal will ich nichts anderes, Else, als – Sie sehen.*" – Ist er verrückt? Er sieht mich doch. – Ah, so meint er das, so! Warum schlage ich ihm nicht ins Gesicht, dem Schuften! Bin ich rot geworden oder blass? Nackt willst du mich sehen? Das möchte mancher. Ich bin schön, wenn ich nackt bin. Warum schlage ich ihm nicht ins Gesicht? Riesengroß ist sein Gesicht. Warum so nah, du Schuft? Ich will deinen Atem nicht auf meinen Wangen. Warum lasse ich ihn nicht einfach stehen? Bannt mich sein Blick? Wir schauen uns ins Auge wie Todfeinde. Ich möchte ihm Schuft sagen, aber ich kann nicht. Oder will ich nicht? – „*Sie sehen mich an, Else, als wenn ich verrückt wäre. Ich bin es vielleicht ein wenig, denn es geht ein Zauber von Ihnen aus, Else, den Sie selbst wohl nicht ahnen. Sie müssen fühlen, Else, dass meine Bitte keine Beleidigung bedeutet, ja, ‚Bitte' sage ich, wenn sie auch einer Erpressung zum Verzweifeln ähnlich sieht. Aber ich bin kein Erpresser, ich bin nur ein Mensch, der mancherlei Erfahrungen gemacht hat, – unter andern die, dass alles auf der Welt seinen Preis hat und dass einer, der sein Geld verschenkt, wenn er in der Lage ist, einen Gegenwert dafür zu bekommen, ein ausgemachter Narr ist. Und – was ich mir diesmal kaufen will, Else, so viel es auch ist. Sie werden nicht ärmer dadurch, dass Sie es verkaufen. Und dass es ein Geheimnis bleiben würde zwischen Ihnen und mir, das schwöre ich Ihnen, Else, bei – bei all den Reizen, durch deren Enthüllung Sie mich beglücken würden.*" – Wo hat er so reden gelernt? Es klingt wie aus einem Buch. – „*Und ich schwöre Ihnen auch, dass ich – von der Situation keinen Gebrauch machen werde, der in unserem Vertrag nicht vorgesehen war. Nichts anderes verlange ich von Ihnen, als eine Viertelstunde dastehen dürfen in Andacht vor Ihrer Schönheit. Mein Zimmer liegt im gleichen Stockwerk wie das Ihre, Else, Nummer fünfundsechzig, leicht zu merken. Der schwedische Tennisspieler, von dem Sie heut sprachen, war doch gerade fünfundsechzig Jahre alt?*" – Er ist verrückt! Warum lasse ich ihn weiterreden? Ich bin gelähmt. – „*Aber wenn es Ihnen aus irgendeinem Grunde nicht passt, mich auf Zimmer Nummer fünfundsechzig zu besuchen, Else, so schlage ich Ihnen einen kleinen Spaziergang nach dem Diner vor. Es gibt eine Lichtung im Walde, ich habe sie neulich ganz zufällig entdeckt, kaum fünf Minuten weit von unserem Hotel. – Es wird eine wundervolle Sommernacht heute, beinahe warm, und das Sternenlicht wird Sie herrlich kleiden.*" – Wie zu einer Sklavin spricht er. Ich spucke ihm ins Gesicht. – „*Sie sollen mir nicht gleich antworten, Else. Überlegen Sie. Nach dem Diner werden Sie mir gütigst Ihre Entscheidung kundtun.*" – Warum sagt er denn ‚kundtun'. Was für ein blödes Wort: kundtun. – „*Überlegen Sie in aller Ruhe. Sie werden vielleicht spüren, dass es nicht einfach ein Handel ist, den ich Ihnen vorschlage.*" – Was denn, du klingender Schuft! – „*Sie werden möglicherweise ahnen, dass ein Mann zu Ihnen spricht, der ziemlich einsam und nicht besonders glücklich ist und der vielleicht einige Nachsicht verdient.*" – Affektierter Schuft. Spricht wie ein schlechter Schauspieler. Seine gepflegten Finger sehen aus wie Krallen. Nein, nein, ich will nicht. Warum sag ich es denn nicht. Bring dich um, Papa! Was will er denn mit meiner Hand? Ganz schlaff ist mein Arm. Er führt meine Hand an seine Lippen. Heiße Lippen. Pfui! Meine Hand ist kalt. Ich hätte Lust, ihm den Hut herunterzublasen. Ha, wie komisch wär das. Bald ausgeküsst, du Schuft? – Die Bogenlampen vor dem Hotel brennen schon. Zwei Fenster stehen offen im dritten Stock. Das, wo sich der Vorhang bewegt, ist meines. Oben auf dem Schrank glänzt etwas. Nichts liegt oben, es ist nur der Messingbeschlag. – „*Also auf Wiedersehen, Else.*" – Ich antworte nichts. Regungslos stehe ich da. Er sieht mir ins Auge. Mein Gesicht ist undurchdringlich. Er weiß gar nichts. Er weiß nicht, ob ich kommen werde oder nicht. Ich weiß es auch nicht. Ich weiß nur, dass alles aus ist. Ich bin halb tot. Da geht er. Ein wenig gebückt. Schuft! Er fühlt meinen Blick auf seinem Nacken. Wen grüßt er denn? Zwei Damen. Als wäre er ein Graf, so grüßt er. Paul soll ihn fordern und ihn totschießen. Oder Rudi. Was glaubt er denn eigentlich? Unverschämter Kerl! Nie und nimmer. Es wird dir nichts anderes übrig bleiben, Papa, du musst dich umbringen. – Die zwei kommen offenbar von einer Tour. Beide hübsch, er und sie. Haben sie noch Zeit, sich vor dem Diner umzukleiden? Sind gewiss auf der Hochzeitsreise oder vielleicht gar nicht verheiratet. Ich werde nie auf einer Hochzeitsreise sein. Dreißigtausend Gulden. Nein, nein, nein! Gibt es keine dreißigtausend Gulden auf der Welt? Ich fahre zu Fiala. Ich komme noch zurecht. Gnade, Gnade, Herr Doktor Fiala. Mit Vergnügen, mein

Fräulein. Bemühen Sie sich in mein Schlafzimmer. – Tu mir doch den Gefallen, Paul, verlange dreißigtausend Gulden von deinem Vater. Sage, du hast Spielschulden, du musst dich sonst erschießen. Gern, liebe Kusine. Ich habe Zimmer Nummer soundsoviel, um Mitternacht erwarte ich dich. Oh, Herr von Dorsday, wie bescheiden sind Sie. Vorläufig. Jetzt kleidet er sich um. Smoking. Also entscheiden wir uns. Wiese im Mondenschein oder Zimmer Nummer fünfundsechzig? Wird er mich im Smoking in den Wald begleiten?

Es ist noch Zeit bis zum Diner. Ein bisschen spazieren gehen und die Sache in Ruhe überlegen. Ich bin ein einsamer alter Mann, haha. Himmlische Luft, wie Champagner. Gar nicht mehr kühl – dreißigtausend ... dreißigtausend ... Ich muss mich jetzt sehr hübsch ausnehmen in der weiten Landschaft. Schade, dass keine Leute mehr im Freien sind. Dem Herrn dort am Waldesrand gefalle ich offenbar sehr gut. Oh, mein Herr, nackt bin ich noch viel schöner, und es kostet einen Spottpreis, dreißigtausend Gulden. Vielleicht bringen Sie Ihre Freunde mit, dann kommt es billiger. Hoffentlich haben Sie lauter hübsche Freunde, hübschere und jüngere als Herr von Dorsday? Kennen Sie Herrn von Dorsday? Ein Schuft ist er – ein klingender Schuft ...

Also überlegen, überlegen ... Ein Menschenleben steht auf dem Spiel. Das Leben von Papa. Aber nein, er bringt sich nicht um, er wird sich lieber einsperren lassen. Drei Jahre schwerer Kerker oder fünf. In dieser ewigen Angst lebt er schon fünf oder zehn Jahre ... Mündelgelder ... Und Mama geradeso. Und ich doch auch. – Vor wem werde ich mich das nächste Mal nackt ausziehen müssen? Oder bleiben wir der Einfachheit wegen bei Herrn Dorsday? Seine jetzige Geliebte ist ja nichts Feines, ‚unter uns gesagt'. Ich wäre ihm gewiss lieber. Es ist gar nicht so ausgemacht, ob ich viel feiner bin. Tun Sie nicht vornehm, Fräulein Else, ich könnte Geschichten von Ihnen erzählen ... einen gewissen Traum zum Beispiel, den Sie schon dreimal gehabt haben – von dem haben Sie nicht einmal Ihrer Freundin Bertha erzählt. Und die verträgt doch was. Und wie war denn das heuer in Gmunden in der Früh um sechs auf dem Balkon, mein vornehmes Fräulein Else? Haben Sie die zwei jungen Leute im Kahn vielleicht gar nicht bemerkt, die Sie angestarrt haben? Mein Gesicht haben sie vom See aus freilich nicht genau ausnehmen können, aber dass ich im Hemd war, das haben sie schon bemerkt. Und ich hab mich gefreut. Ah, mehr als gefreut. Ich war wie berauscht. Mit beiden Händen hab ich mich über die Hüften gestrichen und vor mir selber hab' ich getan, als wüsste ich nicht, dass man mich sieht. Und der Kahn hat sich nicht vom Fleck bewegt. Ja, so bin ich, so bin ich. Ein Luder, ja. Sie spüren es ja alle. Auch Paul spürt es. Natürlich, er ist ja Frauenarzt. Und der Marineleutnant hat es ja auch gespürt und der Maler auch. Nur Fred, der dumme Kerl, spürt es nicht. Darum liebt er mich ja. Aber gerade vor ihm möchte ich nicht nackt sein, nie und nimmer. Ich hätte gar keine Freude davon. Ich möchte mich schämen. Aber vor dem Filou mit dem Römerkopf – wie gern. Am allerliebsten vor dem. Und wenn ich gleich nachher sterben müsste. Aber es ist ja nicht notwendig, gleich nachher zu sterben. Man überlebt es. Die Bertha hat mehr überlebt. Cissy liegt sicher auch nackt da, wenn Paul zu ihr schleicht durch die Hotelgänge, wie ich heute Nacht zu Herrn von Dorsday schleichen werde.

Nein, nein. Ich will nicht. Zu jedem andern – aber nicht zu ihm. Zu Paul meinetwegen. Oder ich such mir einen aus heute Abend beim Diner. Es ist ja alles egal. Aber ich kann doch nicht jedem sagen, dass ich dreißigtausend Gulden dafür haben will! Da wäre ich ja wie ein Frauenzimmer von der Kärntnerstraße. Nein, ich verkaufe mich nicht. Niemals. Nie werde ich mich verkaufen. Ich schenke mich her. Ja, wenn ich einmal den Rechten finde, schenke ich mich her. Aber ich verkaufe mich nicht. Ein Luder will ich sein, aber nicht eine Dirne. Sie haben sich verrechnet, Herr von Dorsday. Und der Papa auch. Ja, verrechnet hat er sich. Er muss es ja vorher gesehen haben. Er kennt ja die Menschen. Er kennt doch den Herrn von Dorsday. Er hat sich doch denken können, dass der Herr von Dorsday nicht für nichts und wieder nichts. – Sonst hätte er doch telegraphieren oder selber herreisen können. Aber so war es bequemer und sicherer, nicht wahr, Papa? Wenn man eine so hübsche Tochter hat, wozu braucht man ins Zuchthaus zu spazieren? Und die Mama, dumm wie sie ist, setzt sich hin und schreibt den Brief. Der Papa hat sich nicht getraut. Da hätte ich es ja gleich merken müssen. Aber es soll euch nicht glücken. Nein, du hast zu sicher auf meine kindliche Zärtlichkeit spekuliert, Papa, zu sicher darauf gerechnet, dass ich lieber jede Gemeinheit erdulden würde, als dich die Folgen deines verbrecherischen Leichtsinns tragen zu lassen. Ein Genie bist du ja. Herr von Dorsday sagt es, alle Leute sagen es. Aber was hilft mir das. Fiala ist eine Null, aber er unterschlägt keine Mündelgelder, sogar Waldheim ist nicht in einem Atem mit dir zu nennen … Wer hat das nur gesagt? Der Doktor Froriep. Ein Genie ist Ihr Papa. – Und ich hab ihn erst einmal reden gehört! – Im vorigen Jahr im Schwurgerichtssaal – – zum ersten und letzten Mal! Herrlich! Die Tränen sind mir über die Wangen gelaufen. Und der elende Kerl, den er verteidigt hat, ist freigesprochen worden. Er war vielleicht gar kein so elender Kerl. Er hat jedenfalls nur gestohlen, keine Mündelgelder veruntreut, um Bakkarat zu spielen und auf der Börse zu spekulieren. Und jetzt wird der Papa selber vor den Geschworenen stehen. In allen Zeitungen wird man es lesen. Zweiter Verhandlungstag, dritter Verhandlungstag; der Verteidiger erhob sich zu einer Replik. Wer wird denn sein Verteidiger sein? Kein Genie. Nichts wird ihm helfen. Einstimmig schuldig. Verurteilt auf fünf Jahre. Stein, Sträflingskleid, geschorene Haare. Einmal im Monat darf man ihn besuchen. Ich fahre mit Mama hinaus, dritter Klasse. Wir haben ja kein Geld. Keiner leiht uns was. Kleine Wohnung in der Lerchenfelderstraße, so wie die, wo ich die Nähterin besucht habe vor zehn Jahren. Wir bringen ihm etwas zu essen mit. Woher denn? Wir haben ja selber nichts. Onkel Viktor wird uns eine Rente aussetzen. Dreihundert Gulden monatlich. Rudi wird in Holland sein bei Vanderhulst – wenn man noch auf ihn reflektiert. Die Kinder des Sträflings! Roman von Temme in drei Bänden. Der Papa empfängt uns im gestreiften Sträflingsanzug. Er schaut nicht bös drein, nur traurig. Er kann ja gar nicht bös dreinschauen. – Else, wenn du mir damals das Geld verschafft hättest, das wird er sich denken, aber er wird nichts sagen. Er wird nicht das Herz haben, mir Vorwürfe zu machen. Er ist ja seelengut, nur leichtsinnig ist er. Sein Verhängnis ist die Spielleidenschaft. Er kann ja nichts dafür, es ist eine Art von Wahnsinn. Vielleicht spricht man ihn frei, weil er wahnsinnig ist. Auch den Brief hat er vorher nicht überlegt. Es ist ihm vielleicht gar nicht eingefallen, dass Dorsday die Gelegenheit benützen könnte und so eine Gemeinheit von mir verlangen wird. Er ist ein guter Freund unseres Hauses, er hat dem Papa schon einmal achttausend Gulden geliehen. Wie soll man so was von einem Menschen denken. Zuerst hat der Papa sicher alles andere versucht. Was muss er durchgemacht haben, ehe er die Mama veranlasst hat, diesen Brief zu schreiben? Von einem zum andern ist er gelaufen, von Warsdorf zu Burin, von Burin zu Wertheimstein und weiß Gott noch zu wem. Bei Onkel Karl war er gewiss auch. Und alle haben sie ihn im Stich gelassen. Alle die so genannten Freunde. Und nun ist Dorsday seine Hoffnung, seine letzte Hoffnung. Und wenn das Geld nicht kommt, so bringt er sich um. Natürlich bringt er sich um. Er wird sich doch nicht einsperren lassen. Untersuchungshaft, Verhandlung, Schwurgericht, Kerker, Sträflingsgewand. Nein, nein! Wenn der Haftbefehl kommt, erschießt er sich oder hängt sich auf. Am Fensterkreuz wird er hängen. Man wird herüberschicken vom Haus vis-à-vis, der Schlosser wird aufsperren müssen und ich bin schuld gewesen. Und jetzt sitzt er zusammen mit Mama im selben Zimmer, wo er übermorgen hängen wird, und raucht eine Havannazigarre. Woher hat er immer noch Havannazigarren? Ich höre ihn sprechen, wie er die Mama beruhigt. Verlass dich drauf, Dorsday weist das Geld an. Bedenke doch, ich habe ihm heuer im Winter eine große Summe durch meine Intervention gerettet. Und dann kommt der Prozess Erbesheimer ... – Wahrhaftig. – Ich höre ihn sprechen. Telepathie! Merkwürdig. Auch Fred seh ich in diesem Moment. Er geht mit einem Mädel im Stadtpark am Kursalon vorbei. Sie hat eine hellblaue Bluse und lichte Schuhe und ein bissl heiser ist sie. Das weiß ich alles ganz bestimmt. Wenn ich nach Wien komme, werde ich Fred fragen, ob er am dritten September zwischen halb acht und acht Uhr abends mit seiner Geliebten im Stadtpark war.

Wohin denn noch? Was ist denn mit mir? Beinahe ganz dunkel. Wie schön und ruhig. Weit und breit kein Mensch. Nun sitzen sie alle schon beim Diner. Telepathie? Nein, das ist noch keine Telepathie. Ich habe ja früher das Tamtam gehört. Wo ist die Else?, wird sich Paul denken. Es wird allen auffallen, wenn ich zur Vorspeise noch nicht da bin. Sie werden zu mir heraufschicken. Was ist das mit Else? Sie ist doch sonst so pünktlich? Auch die zwei Herren am Fenster werden denken: Wo ist denn heute das schöne junge Mädel mit dem rötlichblonden Haar? Und Herr von Dorsday wird Angst bekommen. Er ist sicher feig. Beruhigen Sie sich, Herr von Dorsday, es wird Ihnen nichts geschehen. Ich verachte Sie ja so sehr. Wenn ich wollte, morgen Abend wären Sie ein toter Mann. – Ich bin überzeugt, Paul würde ihn fordern, wenn ich ihm die Sache erzählte. Ich schenke Ihnen das Leben, Herr von Dorsday.

Wie ungeheuer weit die Wiesen und wie riesig schwarz die Berge. Keine Sterne beinahe. Ja doch, drei, vier, – es werden schon mehr. Und so still der Wald hinter mir. Schön hier auf der Bank am Waldesrand zu sitzen. So fern, so fern das Hotel und so märchenhaft leuchtet es her. Und was für Schufte sitzen drin. Ach nein, Menschen, arme Menschen, sie tun mir alle so leid. Auch die Marchesa tut mir leid, ich weiß nicht warum, und die Frau Winawer und die Bonne von Cissys kleinem Mädel. Sie sitzt nicht an der Table d'hôte, sie hat schon früher mit Fritzi gegessen. Was ist das nur mit Else, fragt Cissy. Wie, auf ihrem Zimmer ist sie auch nicht? Alle haben sie Angst um mich, ganz gewiss. Nur ich habe keine Angst. Ja, da bin ich in Martino di Castrozza, sitze auf einer Bank am Waldesrand und die Luft ist wie Champagner und mir scheint gar, ich weine. Ja, warum weine ich denn? Es ist doch kein Grund zu weinen. Das sind die Nerven. Ich muss mich beherrschen. Ich darf mich nicht so gehen lassen. Aber das Weinen ist gar nicht unangenehm. Das Weinen tut mir immer wohl. Wie ich unsere alte Französin besucht habe im Krankenhaus, die dann gestorben ist, habe ich auch geweint. Und beim Begräbnis von der Großmama, und wie die Bertha nach Nürnberg gereist ist, und wie das Kleine von der Agathe gestorben ist, und im Theater bei der Kameliendame hab ich auch geweint. Wer wird weinen, wenn ich tot bin? Oh, wie schön wäre das, tot zu sein. Aufgebahrt liege ich im Salon, die Kerzen brennen. Lange Kerzen. Zwölf lange Kerzen. Unten steht schon der Leichenwagen. Vor dem Haustor stehen Leute. Wie alt war sie denn? Erst neunzehn. Wirklich erst neunzehn? – Denken Sie sich, ihr Papa ist im Zuchthaus. Warum hat sie sich denn umgebracht? Aus unglücklicher Liebe zu einem Filou. Aber was fällt Ihnen denn ein? Sie hätte ein Kind kriegen sollen. Nein, sie ist vom Cimone heruntergestürzt. Es ist ein Unglücksfall. Guten Tag, Herr Dorsday, Sie erweisen der kleinen Else auch die letzte Ehre? Kleine Else, sagt das alte Weib. – Warum denn? Natürlich, ich muss ihr die letzte Ehre erweisen. Ich habe ihr ja auch die erste Schande erwiesen. Oh, es war der Mühe wert, Frau Winawer, ich habe noch nie einen so schönen Körper gesehen. Es hat mich nur dreißig Millionen gekostet. Ein Rubens kostet dreimal so viel. Mit Haschisch hat sie sich vergiftet. Sie wollte nur schöne Visionen haben, aber sie hat zu viel genommen und ist nicht mehr aufgewacht. Warum hat er denn ein rotes Monokel, der Herr Dorsday? Wem winkt er denn mit dem Taschentuch? Die Mama kommt die Treppe herunter und küsst ihm die Hand. Pfui, pfui. Jetzt flüstern sie miteinander. Ich kann nichts verstehen, weil ich aufgebahrt bin. Der Veilchenkranz um meine Stirn ist von Paul. Die Schleifen fallen bis auf den Boden. Kein Mensch traut sich ins Zimmer. Ich stehe lieber auf und schaue zum Fenster hinaus. Was für ein großer blauer See! Hundert Schiffe mit gelben Segeln –. Die Wellen glitzern. So viel Sonne. Regatta. Die Herren haben alle Ruderleibchen. Die Damen sind im Schwimmkostüm. Das ist unanständig. Sie bilden sich ein, ich bin nackt. Wie dumm sie sind. Ich habe ja schwarze Trauerkleider an, weil ich tot bin. Ich werde es euch beweisen. Ich lege mich gleich wieder auf die Bahre hin. Wo ist sie denn? Fort ist sie. Man hat sie davongetragen. Man hat sie unterschlagen. Darum ist der Papa im Zuchthaus. Und sie haben ihn doch freigesprochen auf drei Jahre. Die Geschworenen sind alle bestochen von Fiala. Ich werde jetzt zu Fuß auf den Friedhof gehen, da erspart die Mama das Begräbnis. Wir müssen uns einschränken. Ich gehe so schnell, dass mir keiner nachkommt. Ah, wie schnell ich gehen kann. Da bleiben sie alle auf den Straßen stehen und wundern sich. Wie darf man jemanden so anschaun, der tot ist! Das ist zudringlich. Ich gehe lieber übers Feld, das ist ganz blau von Vergissmeinnicht und Veilchen. Die Marineoffiziere stehen Spalier. Guten Morgen, meine Herren. Öffnen Sie das Tor, Herr Matador. Erkennen Sie mich nicht? Ich bin ja die Tote ... Sie müssen mir darum nicht die Hand küssen ... Wo ist denn meine Gruft? Hat man die auch unterschlagen? Gott sei Dank, es ist gar nicht der Friedhof. Das ist ja der Park in Mentone. Der Papa wird sich freuen, dass ich nicht begraben bin. Vor den Schlangen habe ich keine Angst. Wenn mich nur keine in den Fuß beißt. O weh.

Was ist denn? Wo bin ich denn? Habe ich geschlafen? Ja. Geschlafen habe ich. Ich muss sogar geträumt haben. Mir ist so kalt in den Füßen. Im rechten Fuß ist mir kalt. Wieso denn? Da ist am Knöchel ein kleiner Riss im Strumpf. Warum sitze ich denn noch im Wald? Es muss ja längst geläutet haben zum Dinner. Dinner.

O Gott, wo war ich denn? So weit war ich fort. Was hab ich denn geträumt? Ich glaube, ich war schon tot. Und keine Sorgen habe ich gehabt und mir nicht den Kopf zerbrechen müssen. Dreißigtausend, dreißigtausend ... ich habe sie noch nicht. Ich muss sie mir erst verdienen. Und da sitz ich allein am Waldesrand. Das Hotel leuchtet bis her. Ich muss zurück. Es ist schrecklich, dass ich zurück muss. Aber es ist keine Zeit mehr zu verlieren. Herr von Dorsday erwartet meine Entscheidung. Entscheidung. Entscheidung! Nein. Nein, Herr von Dorsday, kurz und gut, nein. Sie haben gescherzt, Herr von Dorsday, selbstverständlich. Ja, das werde ich ihm sagen. Oh, das ist ausgezeichnet. Ihr Scherz war nicht sehr vornehm, Herr von Dorsday, aber ich will Ihnen verzeihen. Ich telegraphiere morgen früh an Papa, Herr von Dorsday, dass das Geld pünktlich in Doktor Fialas Händen sein wird. Wunderbar. Das sage ich ihm. Da bleibt ihm nichts übrig, er muss das Geld abschicken. Muss? Muss er? Warum muss er denn? Und wenn er's täte, so würde er sich dann rächen irgendwie. Er würde es so einrichten, dass das Geld zu spät kommt. Oder er würde das Geld schicken und dann überall erzählen, dass er mich gehabt hat. Aber er schickt ja das Geld gar nicht ab. Nein, Fräulein Else, so haben wir nicht gewettet. Telegraphieren Sie dem Papa, was Ihnen beliebt, ich schicke das Geld nicht ab. Sie sollen nicht glauben, Fräulein Else, dass ich mich von so einem kleinen Mädel übertölpeln lasse, ich, der Vicomte von Eperies.

Ich muss vorsichtig gehen. Der Weg ist ganz dunkel. Sonderbar, es ist mir wohler als vorher. Es hat sich doch gar nichts geändert und mir ist wohler. Was habe ich denn nur geträumt? Von einem Matador? Was war denn das für ein Matador? Es ist doch weiter zum Hotel, als ich gedacht habe. Sie sitzen gewiss noch alle beim Diner. Ich werde mich ruhig an den Tisch setzen und sagen, dass ich Migräne gehabt habe, und lasse mir nachservieren. Herr von Dorsday wird am Ende selbst zu mir kommen und mir sagen, dass das Ganze nur ein Scherz war. Entschuldigen Sie, Fräulein Else, entschuldigen Sie den schlechten Spaß, ich habe schon an meine Bank telegraphiert. Aber er wird es nicht sagen. Er hat nicht telegraphiert. Es ist alles noch genau so wie früher. Er wartet. Herr von Dorsday wartet. Nein, ich will ihn nicht sehen. Ich kann ihn nicht mehr sehen. Ich will niemanden mehr sehen. Ich will nicht mehr ins Hotel, ich will nicht mehr nach Hause, ich will nicht nach Wien, zu niemandem will ich, zu keinem Menschen, nicht zu Papa und nicht zu Mama, nicht zu Rudi und nicht zu Fred, nicht zu Bertha und nicht zu Tante Irene. Die ist noch die Beste, die würde alles verstehen. Aber ich habe nichts mehr mit ihr zu tun und mit niemandem mehr. Wenn ich zaubern könnte, wäre ich ganz woanders in der Welt. Auf irgendeinem herrlichen Schiff im Mittelländischen Meer, aber nicht allein. Mit Paul zum Beispiel. Ja, das könnte ich mir ganz gut vorstellen. Oder ich wohnte in einer Villa am Meer, und wir lägen auf den Marmorstufen, die ins Wasser führen, und er hielte mich fest in seinen Armen und bisse mich in die Lippen, wie es Albert vor zwei Jahren getan hat beim Klavier, der unverschämte Kerl. Nein. Allein möchte ich am Meer liegen auf den Marmorstufen und warten. Und endlich käme einer oder mehrere, und ich hätte die Wahl und die andern, die ich verschmähe, die stürzen sich aus Verzweiflung alle ins Meer. Oder sie müssten Geduld haben bis zum nächsten Tag. Ach, was wäre das für ein köstliches Leben. Wozu habe ich denn meine herrlichen Schultern und meine schönen schlanken Beine? Und wozu bin ich denn überhaupt auf der Welt? Und es geschähe ihnen ganz recht, ihnen allen, sie haben mich ja doch nur daraufhin erzogen, dass ich mich verkaufe, so oder so. Vom Theaterspielen haben sie nichts wissen wollen. Da haben sie mich ausgelacht. Und es wäre ihnen ganz recht gewesen im vorigen Jahr, wenn ich den Direktor Wilomitzer geheiratet hätte, der bald fünfzig ist. Nur dass sie mir nicht zugeredet haben. Da hat sich der Papa doch geniert. Aber die Mama hat ganz deutliche Anspielungen gemacht.

Wie riesig es dasteht das Hotel, wie eine ungeheure beleuchtete Zauberburg. Alles ist so riesig. Die Berge auch. Man könnte sich fürchten. Noch nie waren sie so schwarz. Der Mond ist noch nicht da. Der geht erst zur Vorstellung auf, zur großen Vorstellung auf der Wiese, wenn der Herr von Dorsday seine Sklavin nackt tanzen lässt. Was geht mich denn der Herr Dorsday an? Nun, Mademoiselle Else, was machen Sie denn für Geschichten? Sie waren doch schon bereit, auf und davon zu gehen, die Geliebte von fremden Männern zu werden, von einem nach dem andern. Und auf die Kleinigkeit, die Herr von Dorsday von Ihnen verlangt, kommt es Ihnen an? Für einen Perlenschmuck, für schöne Kleider, für eine Villa am Meer sind Sie bereit, sich zu verkaufen? Und das Leben Ihres Vaters ist Ihnen nicht so viel wert? Es wäre gerade der richtige Anfang. Es wäre dann gleich die Rechtfertigung für alles andere. Ihr wart es, könnt ich sagen. Ihr habt mich dazu gemacht. Ihr alle seid schuld, dass ich so geworden bin, nicht nur Papa und Mama. Auch der Rudi ist schuld und der Fred und alle, alle, weil sich ja niemand um einen kümmert. Ein bisschen Zärtlichkeit, wenn man hübsch aussieht, und ein bissl Besorgtheit, wenn man Fieber hat, und in die Schule schicken sie einen, und zu Hause lernt man Klavier und Französisch, und im Sommer geht man aufs Land und zum Geburtstag kriegt man Geschenke und bei Tisch reden sie über allerlei. Aber was in mir vorgeht und was in mir wühlt und Angst hat, habt ihr euch darum je gekümmert? Manchmal im Blick von Papa war eine Ahnung davon, aber ganz flüchtig. Und dann war gleich wieder der Beruf da, und die Sorgen und das Börsenspiel – und wahrscheinlich irgendein Frauenzimmer ganz im Geheimen, ‚nichts sehr Feines unter uns', – und ich war wieder allein. Nun, was tätst du Papa, was tätst du heute, wenn ich nicht da wäre?

Da stehe ich, ja da stehe ich vor dem Hotel. – Furchtbar da hineingehen zu müssen, alle die Leute sehen, den Herrn von Dorsday, die Tante, Cissy. Wie schön war das früher auf der Bank am Waldesrand, wie ich schon tot war. Matador – wenn ich nur drauf käm, was – eine Regatta war es, richtig, und ich habe vom Fenster aus zugesehen. Aber wer war der Matador? – Wenn ich nur nicht so müd wäre, so furchtbar müde. Und da soll ich bis Mitternacht aufbleiben und mich dann ins Zimmer von Herrn von Dorsday schleichen? Vielleicht begegne ich der Cissy auf dem Gang. Hat sie was an unter dem Schlafrock, wenn sie zu ihm kommt? Es ist schwer, wenn man in solchen Dingen nicht geübt ist. Soll ich sie nicht um Rat fragen, die Cissy? Natürlich würde ich nicht sagen, dass es sich um Dorsday handelt, sondern sie müsste sich denken, ich habe ein nächtliches Rendezvous mit einem von den hübschen jungen Leuten hier im Hotel. Zum Beispiel mit dem langen blonden Menschen, der die leuchtenden Augen hat. Aber der ist ja nicht mehr da. Plötzlich war er verschwunden. Ich habe doch gar nicht an ihn gedacht bis zu diesem Augenblick. Aber es ist leider nicht der lange blonde Mensch mit den leuchtenden Augen, auch der Paul ist es nicht, es ist der Herr von Dorsday. Also wie mach ich es denn? Was sage ich ihm? Einfach ja? Ich kann doch nicht zu Herrn Dorsday ins Zimmer kommen. Er hat sicher lauter elegante Flakons auf dem Waschtisch, und das Zimmer riecht nach französischem Parfüm. Nein, nicht um die Welt zu ihm. Lieber im Freien. Da geht er mich nichts an. Der Himmel ist so hoch und die Wiese ist so groß. Ich muss gar nicht an den Herrn Dorsday denken. Ich muss ihn nicht einmal anschauen. Und wenn er es wagen würde, mich anzurühren, einen Tritt bekäme er mit meinen nackten Füßen. Ach, wenn es doch ein anderer wäre, irgendein anderer. Alles, alles könnte er von mir haben heute Nacht, jeder andere, nur Dorsday nicht. Und gerade der! Gerade der! Wie seine Augen stechen und bohren werden. Mit dem Monokel wird er dastehen und grinsen. Aber nein, er wird nicht grinsen. Er wird ein vornehmes Gesicht schneiden. Elegant. Er ist ja solche Dinge gewohnt. Wie viele hat er schon so gesehen? Hundert oder tausend? Aber war schon eine darunter wie ich? Nein, gewiss nicht. Ich werde ihm sagen, dass er nicht der Erste ist, der mich so sieht. Ich werde ihm sagen, dass ich einen Geliebten habe. Aber erst, wenn die dreißigtausend Gulden an Fiala abgesandt sind. Dann werde ich ihm sagen, dass er ein Narr war, dass er mich auch hätte haben können um dasselbe Geld. – Dass ich schon zehn Liebhaber gehabt habe, zwanzig, hundert. – Aber das wird er mir ja alles nicht glauben. – Und wenn er es mir glaubt, was hilft es mir? – Wenn ich ihm nur irgendwie die Freude verderben könnte. Wenn noch einer dabei wäre? Warum nicht? Er hat ja nicht gesagt, dass er mit mir allein sein muss. Ach, Herr von Dorsday, ich habe solche Angst vor Ihnen. Wollen Sie mir nicht freundlichst gestatten, einen guten Bekannten mitzubringen? Oh, das ist keineswegs gegen die Abrede, Herr von Dorsday. Wenn es mir beliebte, dürfte ich das ganze Hotel dazu einladen, und Sie wären trotzdem verpflichtet, die dreißigtausend Gulden abzuschicken. Aber ich begnüge mich damit, meinen Vetter Paul mitzubringen. Oder ziehen Sie etwa einen andern vor? Der lange blonde Mensch ist leider nicht mehr da und der Filou mit dem Römerkopf leider auch nicht. Aber ich find schon noch wen andern. Sie fürchten Indiskretion? Darauf kommt es ja nicht an. Ich lege keinen Wert auf Diskretion. Wenn man einmal so weit ist wie ich, dann ist alles ganz egal. Das ist heute ja nur der Anfang. Oder denken Sie, aus diesem Abenteuer fahre ich wieder nach Hause als anständiges Mädchen aus guter Familie? Nein, weder gute Familie noch anständiges junges

Mädchen. Das wäre erledigt. Ich stelle mich jetzt auf meine eigenen Beine. Ich habe schöne Beine, Herr von Dorsday, wie Sie und die übrigen Teilnehmer des Festes bald zu bemerken Gelegenheit haben werden. Also die Sache ist in Ordnung, Herr von Dorsday. Um zehn Uhr, während alles noch in der Halle sitzt, wandern wir im Mondenschein über die Wiese, durch den Wald nach Ihrer berühmten selbst entdeckten Lichtung. Das Telegramm an die Bank bringen Sie für alle Fälle gleich mit. Denn eine Sicherheit darf ich doch wohl verlangen von einem solchen Spitzbuben wie Sie. Und um Mitternacht können Sie wieder nach Hause gehen, und ich bleibe mit meinem Vetter oder sonstwem auf der Wiese im Mondenschein. Sie haben doch nichts dagegen, Herr von Dorsday? Das dürfen Sie gar nicht. Und wenn ich morgen früh zufällig tot sein sollte, so wundern sie sich weiter nicht. Dann wird eben Paul das Telegramm aufgeben. Dafür wird schon gesorgt sein. Aber bilden Sie sich dann um Gottes willen nicht ein, dass Sie, elender Kerl, mich in den Tod getrieben haben. Ich weiß ja schon lange, dass es so mit mir enden wird. Fragen Sie doch nur meinen Freund Fred, ob ich es ihm nicht schon öfters gesagt habe. Fred, das ist nämlich Herr Friedrich Wenkheim, nebstbei der einzige anständige Mensch, den ich in meinem Leben kennen gelernt habe. Der Einzige, den ich geliebt hätte, wenn er nicht ein gar so anständiger Mensch wäre. Ja, ein so verworfenes Geschöpf bin ich. Bin nicht geschaffen für eine bürgerliche Existenz, und Talent habe ich auch keines. Für unsere Familie wäre es sowieso das Beste, sie stürbe aus. Mit dem Rudi wird auch schon irgendein Malheur geschehen. Der wird sich in Schulden stürzen für eine holländische Chansonette und bei Vanderhulst defraudieren. Das ist schon so in unserer Familie. Und der jüngste Bruder von meinem Vater, der hat sich erschossen, wie er fünfzehn Jahre alt war. Kein Mensch weiß, warum. Ich habe ihn nicht gekannt. Lassen Sie sich die Photographie zeigen, Herr von Dorsday. Wir haben sie in einem Album … Ich soll ihm ähnlich sehen. Kein Mensch weiß, warum er sich umgebracht hat. Und von mir wird es auch keiner wissen. Ihretwegen keinesfalls, Herr von Dorsday. Die Ehre tue ich Ihnen nicht an. Ob mit neunzehn oder einundzwanzig, das ist doch egal. Oder soll ich Bonne werden oder Telefonistin oder einen Herrn Wilomitzer heiraten oder mich von Ihnen aushalten lassen? Es ist alles gleich ekelhaft, und ich komme überhaupt gar nicht mit Ihnen auf die Wiese. Nein, das ist alles viel zu anstrengend und zu dumm und zu widerwärtig. Wenn ich tot bin, werden Sie schon die Güte haben und die paar tausend Gulden für den Papa absenden, denn es wäre doch zu traurig, wenn er gerade an dem

Tage verhaftet würde, an dem man meine Leiche nach Wien bringt. Aber ich werde einen Brief hinterlassen mit testamentarischer Verfügung: Herr von Dorsday hat das Recht, meinen Leichnam zu sehen. Meinen schönen nackten Mädchenleichnam. So können Sie sich nicht beklagen, Herr von Dorsday, dass ich Sie übers Ohr gehaut habe. Sie haben doch was für Ihr Geld. Dass ich noch lebendig sein muss, das steht nicht in unserem Kontrakt. O nein. Das steht nirgends geschrieben. Also den Anblick meines Leichnams vermache ich dem Kunsthändler Dorsday, und Herrn Fred Wenkheim vermache ich mein Tagebuch aus meinem siebzehnten Lebensjahr – weiter habe ich nicht geschrieben –, und dem Fräulein bei Cissy vermache ich die fünf Zwanzigfranksstücke, die ich vor Jahren aus der Schweiz mitgebracht habe. Sie liegen im Schreibtisch neben den Briefen. Und Bertha vermache ich das schwarze Abendkleid. Und Agathe meine Bücher. Und meinem Vetter Paul, dem vermache ich einen Kuss auf meine blassen Lippen. Und der Cissy vermache ich mein Rakett, weil ich edel bin. Und man soll mich gleich hier begraben in San Martino di Castrozza auf dem schönen kleinen Friedhof. Ich will nicht mehr zurück nach Hause. Auch als Tote will ich nicht mehr zurück. Und Papa und Mama sollen sich nicht kränken, mir geht es besser als ihnen. Und ich verzeihe ihnen. Es ist nicht schade um mich. – Haha, was für ein komisches Testament. Ich bin wirklich gerührt. Wenn ich denke, dass ich morgen um die Zeit, während die andern beim Diner sitzen, schon tot bin? – Die Tante Emma wird natürlich nicht zum Diner herunterkommen und Paul auch nicht. Sie werden sich auf dem Zimmer servieren lassen. Neugierig bin ich, wie sich Cissy benehmen wird. Nur werde ich es leider nicht erfahren. Gar nichts mehr werde ich erfahren. Oder vielleicht weiß man noch alles, solange man nicht begraben ist? Und am Ende bin ich nur scheintot. Und wenn der Herr von Dorsday an meinen Leichnam tritt, so erwache ich und schlage die Augen auf, da lässt er vor Schreck das Monokel fallen.

Aber es ist ja leider alles nicht wahr. Ich werde nicht scheintot sein und tot auch nicht. Ich werde mich überhaupt gar nicht umbringen, ich bin ja viel zu feig. Wenn ich auch eine couragierte Kletterin bin, feig bin ich doch. Und vielleicht habe ich nicht einmal genug Veronal. Wie viel Pulver braucht man denn? Sechs glaube ich. Aber zehn ist sicherer. Ich glaube, es sind noch zehn. Ja, das werden genug sein.

Zum wievielten Mal lauf ich jetzt eigentlich um das Hotel herum? Also was jetzt? Da steh ich vor dem Tor. In der Halle ist noch niemand. Natürlich – sie sitzen ja noch alle beim Diner. Seltsam sieht die Halle aus so ganz ohne Menschen. Auf dem Sessel dort liegt ein Hut, ein Touristenhut, ganz fesch. Hübscher Gamsbart. Dort im Fauteuil sitzt ein alter Herr. Hat wahrscheinlich keinen Appetit mehr. Liest Zeitung. Dem geht's gut. Er hat keine Sorgen. Er liest ruhig Zeitung, und ich muss mir den Kopf zerbrechen, wie ich dem Papa dreißigtausend Gulden verschaffen soll. Aber nein. Ich weiß ja, wie. Es ist ja so furchtbar einfach. Was will ich denn? Was will ich denn? Was tu ich denn da in der Halle? Gleich werden sie alle kommen vom Diner. Was soll ich denn tun? Herr von Dorsday sitzt gewiss auf Nadeln. Wo bleibt sie, denkt er sich. Hat sie sich am Ende umgebracht? Oder engagiert sie jemanden, dass er mich umbringt? Oder hetzt sie ihren Vetter Paul auf mich? Haben Sie keine Angst, Herr von Dorsday, ich bin keine so gefährliche Person. Ein kleines Luder bin ich, weiter nichts. Für die Angst, die Sie ausgestanden haben, sollen Sie auch Ihren Lohn haben. Zwölf Uhr, Zimmer Nummer fünfundsechzig. Im Freien wäre es mir doch zu kühl. Und von Ihnen aus, Herr von Dorsday, begebe ich mich direkt zu meinem Vetter Paul. Sie haben doch nichts dagegen, Herr von Dorsday?

„Else! Else!“

Wie? Was? Das ist ja Pauls Stimme. Das Diner schon aus? – *„Else!“* – „Ach, Paul, was gibt's denn, Paul?“ – Ich stell mich ganz unschuldig. – *„Ja, wo steckst du denn, Else?“* – „Wo soll ich denn stecken? Ich bin spazieren gegangen.“ – *„Jetzt, während des Diners?“* – „Na, wann denn? Es ist doch die schönste Zeit dazu.“ Ich red Blödsinn. – *„Die Mama hat sich schon alles Mögliche eingebildet. Ich war an deiner Zimmertür, hab geklopft.“* – „Hab nichts gehört.“ – *„Aber im Ernst, Else, wie kannst du uns in eine solche Unruhe versetzen! Du hättest Mama doch wenigstens verständigen können, dass du nicht zum Diner kommst.“* – „Du hast ja Recht, Paul, aber wenn du eine Ahnung hättest, was ich für Kopfschmerzen gehabt habe.“ Ganz schmelzend red ich. Oh, ich Luder. – *„Ist dir jetzt wenigstens besser?“* – „Könnt ich eigentlich nicht sagen.“ – *„Ich will vor allem der Mama“* – „Halt Paul, noch nicht. Entschuldige mich bei der Tante, ich will nur für ein paar Minuten auf mein Zimmer, mich ein bissl herrichten. Dann komme ich gleich herunter und werde mir eine Kleinigkeit nachservieren lassen.“ – *„Du bist so blass, Else? – Soll ich dir die Mama hinaufschicken?“* – „Aber mach doch keine solchen Geschichten mit mir, Paul, und schau mich nicht so an. Hast du noch nie ein weibliches Wesen mit Kopfschmerzen gesehen? Ich komme bestimmt noch herunter. In zehn Minuten spätestens. Grüß dich Gott, Paul.“ – *„Also auf Wiedersehen, Else.“* – Gott sei Dank, dass er geht. Dummer Bub, aber lieb. Was will denn der Portier von mir? Wie, ein Telegramm? „Danke. Wann ist denn die Depesche gekommen, Herr Portier?" – „*Vor einer Viertelstunde, Fräulein.*" – Warum schaut er mich denn so an, so – bedauernd. Um Himmels willen, was wird denn da drinstehn? Ich mach sie erst oben auf, sonst fall ich vielleicht in Ohnmacht. Am Ende hat sich der Papa – Wenn der Papa tot ist, dann ist ja alles in Ordnung, dann muss ich nicht mehr mit Herrn von Dorsday auf die Wiese gehn … Oh, ich elende Person. Lieber Gott, mach, dass in der Depesche nichts Böses steht. Lieber Gott, mach, dass der Papa lebt. Verhaftet meinetwegen, nur nicht tot. Wenn nichts Böses drinsteht, dann will ich ein Opfer bringen. Ich werde Bonne, ich nehme eine Stellung in einem Bureau an. Sei nicht tot, Papa. Ich bin ja bereit. Ich tue ja alles, was du willst …

Gott sei Dank, dass ich oben bin. Licht gemacht, Licht gemacht. Kühl ist es geworden. Das Fenster war zu lange offen. Courage, Courage. Ha, vielleicht steht drin, dass die Sache geordnet ist. Vielleicht hat der Onkel Bernhard das Geld hergegeben und sie telegraphieren mir: Nicht mit Dorsday reden. Ich werde es ja gleich sehen. Aber wenn ich auf den Plafond schaue, kann ich natürlich nicht lesen, was in der Depesche steht. Trala, trala, Courage. Es muss ja sein. ‚Wiederhole flehentliche Bitte, mit Dorsday reden. Summe nicht dreißig, sondern fünfzig. Sonst alles vergeblich. Adresse bleibt Fiala.' – Sondern fünfzig. Sonst alles vergeblich. Trala, trala. Fünfzig. Adresse bleibt Fiala. Aber gewiss, ob fünfzig oder dreißig, darauf kommt es ja nicht an. Auch dem Herrn von Dorsday nicht. Das Veronal liegt unter der Wäsche, für alle Fälle. Warum habe ich nicht gleich gesagt: fünfzig. Ich habe doch daran gedacht! Sonst alles vergeblich. Also hinunter, geschwind, nicht da auf dem Bett sitzen bleiben. Ein kleiner Irrtum, Herr von Dorsday, verzeihen Sie. Nicht dreißig, sondern fünfzig, sonst alles vergeblich. Adresse bleibt Fiala. – ‚Sie halten mich wohl für einen Narren, Fräulein Else?' Keineswegs, Herr Vicomte, wie sollte ich. Für fünfzig müsste ich jedesfalls entsprechend mehr fordern, Fräulein. Sonst alles vergeblich, Adresse bleibt Fiala. Wie Sie wünschen, Herr von Dorsday. Bitte, befehlen Sie nur. Vor allem aber, schreiben Sie die Depesche an Ihr Bankhaus, natürlich, sonst habe ich ja keine Sicherheit. –

Ja, so mach ich es. Ich komme zu ihm ins Zimmer und erst, wenn er vor meinen Augen die Depesche geschrieben – ziehe ich mich aus. Und die Depesche behalte ich in der Hand. Ha, wie unappetitlich. Und wo soll ich denn meine Kleider hinlegen? Nein, nein, ich ziehe mich schon hier aus und nehme den großen schwarzen Mantel um, der mich ganz einhüllt. So ist es am bequemsten. Für beide Teile. Adresse bleibt Fiala. Mir klappern die Zähne. Das Fenster ist noch offen. Zugemacht. Im Freien? Den Tod hätte ich davon haben können. Schuft! Fünfzigtausend. Er kann nicht nein sagen. Zimmer fünfundsechzig. Aber vorher sag ich Paul, er soll in seinem Zimmer auf mich warten. Von Dorsday geh ich direkt zu Paul und erzähle ihm alles. Und dann soll Paul ihn ohrfeigen. Ja, noch heute Nacht. Ein reichhaltiges Programm. Und dann kommt das Veronal. Nein, wozu denn? Warum denn sterben? Keine Spur. Lustig, lustig, jetzt fängt ja das Leben erst an. Ihr sollt eure Freude haben. Ihr sollt stolz werden auf euer Töchterlein. Ein Luder will ich werden, wie es die Welt noch nicht gesehen hat. Adresse bleibt Fiala. Du sollst deine fünfzigtausend Gulden haben, Papa. Aber die nächsten, die ich mir verdiene, um die kaufe ich mir neue Nachthemden, mit Spitzen besetzt, ganz durchsichtig, und köstliche Seidenstrümpfe. Man lebt nur einmal. Wozu schaut man denn so aus wie ich. Licht gemacht, – die Lampe über dem Spiegel schalt ich ein. Wie schön meine blondroten Haare sind, und meine Schultern; meine Augen sind auch nicht übel. Hu, wie groß sie sind. Es wär schad um mich. Zum Veronal ist immer noch Zeit. – Aber ich muss ja hinunter. Tief hinunter. Herr Dorsday wartet, und er weiß noch nicht einmal, dass es indes fünfzigtausend geworden sind. Ja, ich bin im Preis gestiegen, Herr von Dorsday. Ich muss ihm das Telegramm zeigen, sonst glaubt er mir am Ende nicht und denkt, ich will ein Geschäft bei der Sache machen. Ich werde die Depesche auf sein Zimmer schicken und etwas dazu schreiben. Zu meinem lebhaften Bedauern sind es nun fünfzigtausend geworden, Herr von Dorsday, das kann Ihnen ja ganz egal sein. Und ich bin überzeugt, Ihre Gegenforderung war gar nicht ernst gemeint. Denn Sie sind ein Vicomte und ein Gentleman. Morgen früh werden Sie die fünfzigtausend, an denen das Leben meines Vaters hängt, ohne weiters an Fiala senden. Ich rechne darauf. – ‚Selbstverständlich, mein Fräulein, ich sende für alle Fälle gleich hunderttausend, ohne jede Gegenleistung, und verpflichte mich überdies, von heute an für den Lebensunterhalt Ihrer ganzen Familie zu sorgen, die Börsenschulden Ihres Herrn Papas zu zahlen und sämtliche veruntreute Mündelgelder zu ersetzen.' Adresse bleibt Fiala. Hahaha! Ja, genauso ist der Vicomte von Eperies. Das ist ja alles Unsinn. Was bleibt mir denn übrig? Es muss ja sein, ich muss es ja tun, alles muss ich tun, was Herr von Dorsday verlangt, damit der Papa morgen das Geld hat, – damit er nicht eingesperrt wird, damit er sich nicht umbringt. Und ich werde es auch tun. Ja, ich werde es tun, obzwar doch alles für die Katz ist. In einem halben Jahr sind wir wieder gerade so weit wie heute! In vier Wochen! – Aber dann geht es mich nichts mehr an. Das eine Opfer bringe ich – und dann keines mehr. Nie, nie, niemals wieder. Ja, das sage ich dem Papa, sobald ich nach Wien komme. Und dann fort aus dem Haus, wo immer hin. Ich werde mich mit Fred beraten. Er ist der Einzige, der mich wirklich gern hat. Aber so weit bin ich ja noch nicht. Ich bin nicht in Wien, ich bin noch in Martino di Castrozza. Noch nichts ist geschehen. Also wie, wie, was? Da ist das Telegramm. Was tue ich denn mit dem Telegramm? Ich habe es ja schon gewusst. Ich muss es ihm auf sein Zimmer schicken. Aber was sonst? Ich muss ihm etwas dazu schreiben. Nun ja, was soll ich ihm schreiben? Erwarten Sie mich um zwölf. Nein, nein, nein! Den Triumph soll er nicht haben. Ich will nicht, will nicht, will nicht. Gott sei Dank, dass ich die Pulver da habe. Das ist die einzige Rettung. Wo sind sie denn? Um Gottes willen, man wird sie mir doch nicht gestohlen haben. Aber nein, da sind sie ja. Da in der Schachtel. Sind sie noch alle da? Ja, da sind sie. Eins, zwei, drei, vier, fünf, sechs. Ich will sie ja nur ansehen, die lieben Pulver. Es verpflichtet ja zu nichts. Auch dass ich sie ins Glas schütte, verpflichtet ja zu nichts. Eins, zwei, – aber ich bringe mich ja sicher nicht um. Fällt mir gar nicht ein. Drei, vier, fünf – davon stirbt man auch noch lange nicht. Es wäre schrecklich, wenn ich das Veronal nicht mehr hätte. Da müsste ich mich zum Fenster hinunterstürzen und dazu hätt ich doch nicht den Mut. Aber das Veronal, – man schläft langsam ein, wacht nicht mehr auf, keine Qual, kein Schmerz. Man legt sich ins Bett; in einem Zuge trinkt man es aus, träumt, und alles ist vorbei. Vorgestern habe ich auch ein Pulver genommen und neulich sogar zwei. Pst, niemandem sagen. Heut werden es halt ein bissl mehr sein. Es ist ja nur für alle Fälle. Wenn es mich gar, gar zu sehr grausen sollte. Aber warum soll es mich denn grausen? Wenn er mich anrührt, so spucke ich ihm ins Gesicht. Ganz einfach.

Aber wie soll ich ihm denn den Brief zukommen lassen? Ich kann doch nicht dem Herrn von Dorsday durch das Stubenmädchen einen Brief schicken. Das Beste, ich gehe hinunter und rede mit ihm und zeige ihm das Telegramm. Hinunter muss ich ja jedenfalls. Ich kann doch nicht da heroben im Zimmer bleiben. Ich hielte es ja gar nicht aus, drei Stunden lang – bis der Moment kommt. Auch wegen der Tante muss ich hinunter. Ha, was geht mich denn die Tante an. Was gehen mich die Leute an? Sehen Sie, meine Herrschaften, da steht das Glas mit dem Veronal. So, jetzt nehme ich es in die Hand. So, jetzt führe ich es an die Lippen. Ja, jeden Moment kann ich drüben sein, wo es keine Tanten gibt und keinen Dorsday und keinen Vater, der Mündelgelder defraudiert …

Aber ich werde mich nicht umbringen. Das habe ich nicht notwendig. Ich werde auch nicht zu Herrn von Dorsday ins Zimmer gehen. Fällt mir gar nicht ein. Ich werde mich doch nicht um fünfzigtausend Gulden nackt hinstellen vor einen alten Lebemann, um einen Lumpen vor dem Kriminal zu retten. Nein, nein, entweder oder. Wie kommt denn der Herr von Dorsday dazu? Gerade der? Wenn einer mich sieht, dann sollen mich auch andere sehen. Ja! – Herrlicher Gedanke! – Alle sollen sie mich sehen. Die ganze Welt soll mich sehen. Und dann kommt das Veronal. Nein, nicht das Veronal, – wozu denn?! Dann kommt die Villa mit den Marmorstufen und die schönen Jünglinge und die Freiheit und die weite Welt! Guten Abend, Fräulein Else, so gefallen Sie mir. Haha. Da unten werden sie meinen, ich bin verrückt geworden. Aber ich war noch nie so vernünftig. Zum ersten Mal in meinem Leben bin ich wirklich vernünftig. Alle, alle sollen sie mich sehen! – Dann gibt es kein Zurück, kein nach Hause zu Papa und Mama, zu den Onkeln und Tanten. Dann bin ich nicht mehr das Fräulein Else, das man an irgendeinen Direktor Wilomitzer verkuppeln möchte; alle hab ich sie so zum Narren; – den Schuften Dorsday vor allem – und komme zum zweiten Mal auf die Welt … sonst alles vergeblich – Adresse bleibt Fiala. Haha!

Keine Zeit mehr verlieren, nicht wieder feig werden. Herunter das Kleid. Wer wird der Erste sein? Wirst du es sein, Vetter Paul? Dein Glück, dass der Römerkopf nicht mehr da ist. Wirst du diese schönen Brüste küssen heute Nacht? Ah, wie bin ich schön. Bertha hat ein schwarzes Seidenhemd. Raffiniert. Ich werde noch viel raffinierter sein. Herrliches Leben. Fort mit den Strümpfen, das wäre unanständig. Nackt, ganz nackt. Wie wird mich Cissy beneiden! Und andere auch. Aber sie trauen sich nicht. Sie möchten ja alle so gern. Nehmt euch ein Beispiel. Ich, die Jungfrau, ich traue mich. Ich werde mich ja zu Tod lachen über Dorsday. Da bin ich, Herr von Dorsday. Rasch auf die Post. Fünfzigtausend. So viel ist es doch wert?

Schön, schön bin ich! Schau mich an, Nacht! Berge, schaut mich an! Himmel, schau mich an, wie schön ich bin. Aber ihr seid ja blind. Was habe ich von euch. Die da unten haben Augen. Soll ich mir die Haare lösen? Nein. Da säh ich aus wie eine Verrückte. Aber ihr sollt mich nicht für verrückt halten. Nur für schamlos sollt ihr mich halten. Für eine Kanaille. Wo ist das Telegramm? Um Gottes willen, wo habe ich denn das Telegramm? Da liegt es ja, friedlich neben dem Veronal. ‚Wiederhole flehentlich – fünfzigtausend – sonst alles vergeblich. Adresse bleibt Fiala.' Ja, das ist das Telegramm. Das ist ein Stück Papier und da stehen Worte darauf. Aufgegeben in Wien vier Uhr dreißig. Nein, ich träume nicht, es ist alles wahr. Und zu Hause warten sie auf die fünfzigtausend Gulden. Und Herr von Dorsday wartet auch. Er soll nur warten. Wir haben ja Zeit. Ah, wie hübsch ist es, so nackt im Zimmer auf- und abzuspazieren. Bin ich wirklich so schön wie im Spiegel? Ach, kommen Sie doch näher, schönes Fräulein. Ich will Ihre blutroten Lippen küssen. Ich will Ihre Brüste an meine Brüste pressen. Wie schade, dass das Glas zwischen uns ist, das kalte Glas. Wie gut würden wir uns miteinander vertragen. Nicht wahr? Wir brauchten gar niemanden andern. Es gibt vielleicht gar keine andern Menschen. Es gibt Telegramme und Hotels und Berge und Bahnhöfe und Wälder, aber Menschen gibt es nicht. Die träumen wir nur. Nur der Doktor Fiala existiert mit der Adresse. Es bleibt immer dieselbe. Oh, ich bin keineswegs verrückt. Ich bin nur ein wenig erregt. Das ist doch ganz selbstverständlich, bevor man zum zweiten Mal auf die Welt kommt. Denn die frühere Else ist schon gestorben. Ja, ganz bestimmt bin ich tot. Da braucht man kein Veronal dazu. Soll ich es nicht weggießen? Das Stubenmädel könnte es aus Versehen trinken. Ich werde einen Zettel hinlegen und darauf schreiben: Gift; nein, lieber: Medizin, – damit dem Stubenmädel nichts geschieht. So edel bin ich. So. Medizin, zweimal unterstrichen und drei Ausrufungszeichen. Jetzt kann nichts passieren. Und wenn ich dann heraufkomme und keine Lust habe, mich umzubringen, und nur schlafen will, dann trinke ich eben nicht das ganze Glas aus, sondern nur ein Viertel davon oder noch weniger. Ganz einfach. Alles habe ich in meiner Hand. Am einfachsten wäre, ich liefe hinunter – so wie ich bin, über Gang und Stiegen. Aber nein, da könnte ich aufgehalten werden, ehe ich unten bin – und ich muss doch die Sicherheit haben, dass der Herr von Dorsday dabei ist! Sonst schickt er natürlich das Geld nicht ab, der Schmutzian. – Aber ich muss ihm ja noch schreiben. Das ist doch das Wichtigste. Oh, kalt ist die Sessellehne, aber angenehm. Wenn ich meine Villa am italienischen See haben werde, dann werde ich in meinem Park immer nackt herumspazieren ... Die Füllfeder vermache ich Fred, wenn ich einmal sterbe. Aber vorläufig habe ich etwas Gescheiteres zu tun, als zu sterben. ‚Hochverehrter Herr Vicomte' – also vernünftig, Else, keine Aufschrift, weder hochverehrt, noch hochverachtet. ‚Ihre Bedingung, Herr von Dorsday, ist erfüllt.' – – – ‚In dem Augenblick, da Sie diese Zeilen lesen, Herr von Dorsday, ist Ihre Bedingung erfüllt, wenn auch nicht ganz in der von Ihnen vorgesehenen

Weise.' – ‚Nein, wie gut das Mädel schreibt', möcht der Papa sagen. – ‚Und so rechne ich darauf, dass Sie Ihrerseits Ihr Wort halten und die fünfzigtausend Gulden telegraphisch an die bekannte Adresse unverzüglich anweisen lassen werden, Else.' Nein, nicht Else. Gar keine Unterschrift. So. Mein schönes gelbes Briefpapier! Hab ich zu Weihnachten bekommen. Schad drum. So – und jetzt Telegramm und Brief ins Kuvert. – ‚Herrn von Dorsday', Zimmer Nummer fünfundsechzig. Wozu die Nummer? Ich lege ihm den Brief einfach vor die Tür im Vorbeigehen. Aber ich muss nicht. Ich muss überhaupt gar nichts. Wenn es mir beliebt, kann ich mich jetzt auch ins Bett legen und schlafen und mich um nichts mehr kümmern. Nicht um den Herrn von Dorsday und nicht um den Papa. Ein gestreifter Sträflingsanzug ist auch ganz elegant. Und erschossen haben sich schon viele. Und sterben müssen wir alle.

Aber du hast das alles vorläufig nicht nötig, Papa. Du hast ja deine herrlich gewachsene Tochter, und Adresse bleibt Fiala. Ich werde eine Sammlung einleiten. Mit dem Teller werde ich herumgehen. Warum sollte nur Herr von Dorsday zahlen? Das wäre ein Unrecht. Jeder nach seinen Verhältnissen. Wie viel wird Paul auf den Teller legen? Und wie viel der Herr mit dem goldenen Zwicker? Aber bildet euch nur ja nicht ein, dass das Vergnügen lange dauern wird. Gleich hülle ich mich wieder ein, laufe die Treppen hinauf in mein Zimmer, sperre mich ein und, wenn es mir beliebt, trinke ich das ganze Glas auf einen Zug. Aber es wird mir nicht belieben. Es wäre nur eine Feigheit. Sie verdienen gar nicht so viel Respekt, die Schufte. Schämen vor euch? Ich mich schämen vor irgendwem? Das habe ich wirklich nicht nötig. Lass dir noch einmal in die Augen sehen, schöne Else. Was du für Riesenaugen hast, wenn man näher kommt. Ich wollte, es küsste mich einer auf meine Augen, auf meinen blutroten Mund. Kaum über die Knöchel reicht mein Mantel. Man wird sehen, dass meine Füße nackt sind. Was tut's, man wird noch mehr sehen! Aber ich bin nicht verpflichtet. Ich kann gleich wieder umkehren, noch bevor ich unten bin. Im ersten Stock kann ich umkehren. Ich muss überhaupt nicht hinuntergehen. Aber ich will ja. Ich freue mich darauf. Hab ich mir nicht mein ganzes Leben lang so was gewünscht?

Worauf warte ich denn noch? Ich bin ja bereit. Die Vorstellung kann beginnen. Den Brief nicht vergessen. Eine aristokratische Schrift, behauptet Fred. Auf Wiedersehen, Else. Du bist schön mit dem Mantel. Florentinerinnen haben sich so malen lassen. In den Galerien hängen ihre Bilder und es ist eine Ehre für sie. – Man muss gar nichts bemerken, wenn ich den Mantel umhabe. Nur die

Füße, nur die Füße. Ich nehme die schwarzen Lackschuhe, dann denkt man, es sind fleischfarbene Strümpfe. So werde ich durch die Halle gehen, und kein Mensch wird ahnen, dass unter dem Mantel nichts ist, als ich, ich selber. Und dann kann ich immer noch herauf ... – Wer spielt denn da unten so schön Klavier? Chopin? – Herr von Dorsday wird etwas nervös sein. Vielleicht hat er Angst vor Paul. Nur Geduld, Geduld, wird sich alles finden. Ich weiß noch gar nichts, Herr von Dorsday, ich bin selber schrecklich gespannt. Licht ausschalten! Ist alles in Ordnung in meinem Zimmer? Leb wohl, Veronal, auf Wiedersehen. Leb wohl, mein heiß geliebtes Spiegelbild. Wie du im Dunkel leuchtest. Ich bin schon ganz gewohnt, unter dem Mantel nackt zu sein. Ganz angenehm. Wer weiß, ob nicht manche so in der Halle sitzen und keiner weiß es? Ob nicht manche Dame so ins Theater geht und so in ihrer Loge sitzt – zum Spaß oder aus anderen Gründen.

Soll ich zusperren? Wozu? Hier wird ja nichts gestohlen. Und wenn auch – ich brauche ja nichts mehr. Schluss ... Wo ist denn Nummer fünfundsechzig? Niemand ist auf dem Gang. Alles noch unten beim Diner. Einundsechzig ... zweiundsechzig ... das sind ja riesige Bergschuhe, die da vor der Türe stehen. Da hängt eine Hose am Haken. Wie unanständig. Vierundsechzig, fünfundsechzig. So. Da wohnt er, der Vicomte ... Da unten lehn ich den Brief hin, an die Tür. Da muss er ihn gleich sehen. Es wird ihn doch keiner stehlen? So, da liegt er ... Macht nichts ... Ich kann noch immer tun, was ich will. Hab ich ihn halt zum Narren gehalten ... Wenn ich ihm nur jetzt nicht auf der Treppe begegne. Da kommt ja ... nein, das ist er nicht! ... Der ist viel hübscher als der Herr von Dorsday, sehr elegant, mit dem kleinen schwarzen Schnurrbart. Wann ist denn der angekommen? Ich könnte eine kleine Probe veranstalten – ein ganz klein wenig den Mantel lüften. Ich habe große Lust dazu. Schauen Sie mich nur an, mein Herr. Sie ahnen nicht, an wem Sie da vorübergehen. Schade, dass Sie gerade jetzt sich heraufbemühen. Warum bleiben Sie nicht in der Halle? Sie versäumen etwas. Große Vorstellung. Warum halten Sie mich nicht auf? Mein Schicksal liegt in Ihrer Hand. Wenn Sie mich grüßen, so kehre ich wieder um. So grüßen Sie mich doch. Ich sehe Sie doch so liebenswürdig an ... Er grüßt nicht. Vorbei ist er. Er wendet sich um, ich spüre es. Rufen Sie, grüßen Sie! Retten Sie mich! Vielleicht sind Sie an meinem Tode schuld, mein Herr! Aber Sie werden es nie erfahren. Adresse bleibt Fiala ...

Wo bin ich? Schon in der Halle? Wie bin ich dahergekommen? So wenig Leute und so viele Unbekannte. Oder sehe ich so schlecht? Wo ist Dorsday? Er ist nicht da. Ist es ein Wink des

Schicksals? Ich will zurück. Ich will einen andern Brief an Dorsday schreiben. Ich erwarte Sie in meinem Zimmer um Mitternacht. Bringen Sie die Depesche an Ihre Bank mit. Nein. Er könnte es für eine Falle halten. Könnte auch eine sein. Ich könnte Paul bei mir versteckt haben, und er könnte ihn mit dem Revolver zwingen, uns die Depesche auszuliefern. Erpressung. Ein Verbrecherpaar. Wo ist Dorsday? Dorsday, wo bist du? Hat er sich vielleicht umgebracht, aus Reue über meinen Tod? Im Spielzimmer wird er sein. Gewiss. An einem Kartentisch wird er sitzen. Dann will ich ihm von der Tür aus mit den Augen ein Zeichen geben. Er wird sofort aufstehen. ‚Hier bin ich, mein Fräulein.' Seine Stimme wird klingen. ‚Wollen wir ein wenig promenieren, Herr Dorsday?' ‚Wie es beliebt, Fräulein Else.' Wir gehen über den Marienweg zum Walde hin. Wir sind allein. Ich schlage den Mantel auseinander. Die fünfzigtausend sind fällig. Die Luft ist kalt, ich bekomme eine Lungenentzündung und sterbe … Warum sehen mich die zwei Damen an? Merken sie was? Warum bin ich denn da? Bin ich verrückt? Ich werde zurückgehen in mein Zimmer, mich geschwind ankleiden, das Blaue, drüber den Mantel wie jetzt, aber offen, da kann niemand glauben, dass ich vorher nichts angehabt habe … Ich kann nicht zurück. Ich will auch nicht zurück. Wo ist Paul? Wo ist Tante Emma? Wo ist Cissy? Wo sind sie denn alle? Keiner wird es merken …

Man kann es ja gar nicht merken. Wer spielt so schön? Chopin? Nein, Schumann.

Ich irre in der Halle umher wie eine Fledermaus. Fünfzigtausend! Die Zeit vergeht. Ich muss diesen verfluchten Herrn von Dorsday finden. Nein, ich muss in mein Zimmer zurück … Ich werde Veronal trinken. Nur einen kleinen Schluck, dann werde ich gut schlafen … Nach getaner Arbeit ist gut ruhen … Aber die Arbeit ist noch nicht getan … Wenn der Kellner den schwarzen Kaffee dem alten Herrn dort serviert, so geht alles gut aus. Und wenn er ihn dem jungen Ehepaar in der Ecke bringt, so ist alles verloren. Wieso? Was heißt das? Zu dem alten Herrn bringt er den Kaffee. Triumph? Alles geht gut aus. Ha, Cissy und Paul! Da draußen vor dem Hotel gehen sie auf und ab. Sie reden ganz vergnügt miteinander. Er regt sich nicht sonderlich auf wegen meiner Kopfschmerzen. Schwindler! … Cissy hat keine so schönen Brüste wie ich. Freilich, sie hat ja ein Kind … Was reden die zwei? Wenn man es hören könnte! Was geht es mich an, was sie reden? Aber ich könnte auch vors Hotel gehen, ihnen guten Abend wünschen und dann weiter, weiterflattern über die Wiese, in den Wald, hinaufsteigen, klettern, immer höher, bis auf den Cimone hinauf, mich hinlegen, einschlafen, erfrieren. Geheimnisvoller Selbstmord einer jungen Dame der Wiener Gesellschaft. Nur mit einem schwarzen Abendmantel bekleidet, wurde das schöne Mädchen an einer unzugänglichen Stelle des Cimone della Pala tot aufgefunden ... Aber vielleicht findet man mich nicht ... Oder erst im nächsten Jahr. Oder noch später. Verwest. Als Skelett. Doch besser, hier in der geheizten Halle sein und nicht erfrieren. Nun, Herr von Dorsday, wo stecken Sie denn eigentlich? Bin ich verpflichtet zu warten? Sie haben mich zu suchen, nicht ich Sie. Ich will noch im Spielsaal nachschauen. Wenn er dort nicht ist, hat er sein Recht verwirkt. Und ich schreibe ihm: Sie waren nicht zu finden, Herr von Dorsday, Sie haben freiwillig verzichtet; das entbindet Sie nicht von der Verpflichtung, das Geld sofort abzuschicken. Das Geld. Was für ein Geld denn? Was kümmert mich das? Es ist mir doch ganz gleichgültig, ob er das Geld abschickt oder nicht. Ich habe nicht das geringste Mitleid mehr mit Papa. Mit keinem Menschen habe ich Mitleid. Auch mit mir selber nicht. Mein Herz ist tot. Ich glaube, es schlägt gar nicht mehr. Vielleicht habe ich das Veronal schon getrunken ... Warum schaut mich die holländische Familie so an? Man kann doch unmöglich was merken. Der Portier sieht mich auch so verdächtig an. Ist vielleicht noch eine Depesche gekommen? Achtzigtausend? Hunderttausend? Adresse bleibt Fiala. Wenn eine Depesche da wäre, würde er es mir sagen. Er sieht mich hochachtungsvoll an. Er weiß nicht, dass ich unter dem Mantel nichts anhabe. Niemand weiß es. Ich gehe zurück in mein Zimmer. Zurück, zurück, zurück! Wenn ich über die Stufen stolperte, das wäre eine nette Geschichte. Vor drei Jahren auf dem Wörthersee ist eine Dame ganz nackt hinausgeschwommen. Aber noch am selben Nachmittag ist sie abgereist. Die Mama hat gesagt, es ist eine Operettensängerin aus Berlin. Schumann? Ja, Karneval. Die oder der spielt ganz schön. Das Kartenzimmer ist aber rechts. Letzte Möglichkeit, Herr von Dorsday. Wenn er dort ist, winke ich ihn mit den Augen zu mir her und sage ihm, um Mitternacht werde ich bei Ihnen sein, Sie Schuft. – Nein, Schuft sage ich ihm nicht. Aber nachher sage ich es ihm ... Irgendwer geht mir nach. Ich wende mich nicht um. Nein, nein. –

„Else!“ – Um Gottes willen, die Tante. Weiter, weiter! *„Else!“* – Ich muss mich umdrehen, es hilft mir nichts. „Oh, guten Abend, Tante.“ – *„Ja, Else, was ist denn mit dir? Grad wollte ich zu dir hinauf schauen. Paul hat mir gesagt – – Ja, wie schaust du denn aus?“* – „Wie schau ich denn aus, Tante? Es geht mir schon ganz gut. Ich habe auch eine Kleinigkeit gegessen.“ Sie merkt was, sie merkt was. – *„Else – du hast ja – keine Strümpfe an!“* – „Was sagst

du da, Tante? Meiner Seel, ich habe keine Strümpfe an. Nein –!" – *„Ist dir nicht wohl, Else? Deine Augen – du hast Fieber."* – „Fieber? Ich glaub nicht. Ich hab nur so furchtbare Kopfschmerzen gehabt, wie nie in meinem Leben noch." – *„Du musst sofort zu Bett, Kind, du bist totenblass."* – „Das kommt von der Beleuchtung, Tante. Alle Leute sehen hier blass aus in der Halle." Sie schaut so sonderbar an mir herab. Sie kann doch nichts merken? Jetzt nur die Fassung bewahren. Papa ist verloren, wenn ich nicht die Fassung bewahre. Ich muss etwas reden. „Weißt du, Tante, was mir heuer in Wien passiert ist? Da bin ich einmal mit einem gelben und einem schwarzen Schuh auf die Straße gegangen." Kein Wort ist wahr. Ich muss weiterreden. Was sag ich nur? „Weißt du, Tante, nach Migräneanfällen habe ich manchmal solche Anfälle von Zerstreutheit. Die Mama hat das auch früher gehabt." Nicht ein Wort ist wahr. – *„Ich werde jedenfalls um den Doktor schicken."* – „Aber ich bitte dich, Tante, es ist ja gar keiner im Hotel. Man müsst einen aus einer anderen Ortschaft holen. Der würde schön lachen, dass man ihn holen lässt, weil ich keine Strümpfe anhabe. Haha." Ich sollte nicht so laut lachen. Das Gesicht von der Tante ist angstverzerrt. Die Sache ist ihr unheimlich. Die Augen fallen ihr heraus. – *„Sag, Else, hast du nicht zufällig Paul gesehen?"* – Ah, sie will sich Sukkurs verschaffen. Fassung, alles steht auf dem Spiel. „Ich glaube, er geht auf und ab vor dem Hotel mit Cissy Mohr, wenn ich nicht irre." – *„Vor dem Hotel? Ich werde sie beide herbeiholen. Wir wollen noch alle einen Tee trinken, nicht wahr?"* – „Gern." Was für ein dummes Gesicht sie macht. Ich nicke ihr ganz freundlich und harmlos zu. Fort ist sie. Ich werde jetzt in mein Zimmer gehen. Nein, was soll ich denn in meinem Zimmer tun? Es ist höchste Zeit, höchste Zeit. Fünfzigtausend, fünfzigtausend. Warum laufe ich denn so? Nur langsam, langsam ... Was will ich denn? Wie heißt der Mann? Herr von Dorsday. Komischer Name ... Da ist ja das Spielzimmer. Grüner Vorhang vor der Tür. Man sieht nichts. Ich stelle mich auf die Zehenspitzen. Die Whistpartie. Die spielen jeden Abend. Dort spielen zwei Herren Schach. Herr von Dorsday ist nicht da. Viktoria. Gerettet! Wieso denn? Ich muss weitersuchen. Ich bin verdammt, Herrn von Dorsday zu suchen bis an mein Lebensende. Er sucht mich gewiss auch. Wir verfehlen uns immerfort. Vielleicht sucht er mich oben. Wir werden uns auf der Stiege treffen. Die Holländer sehen mich wieder an. Ganz hübsch die Tochter. Der alte Herr hat eine Brille, eine Brille, eine Brille ... Fünfzigtausend. Es ist ja nicht so viel. Fünfzigtausend, Herr von Dorsday. Schumann? Ja, Karneval ... Hab ich auch einmal studiert. Schön spielt sie.

Warum denn sie? Vielleicht ist es ein Er? Vielleicht ist es eine Virtuosin? Ich will einen Blick in den Musiksalon tun.

Da ist ja die Tür. – Dorsday! Ich falle um. Dorsday! Dort steht er am Fenster und hört zu. Wie ist das möglich? Ich verzehre mich – ich werde verrückt – ich bin tot – und er hört einer fremden Dame Klavierspielen zu. Dort auf dem Diwan sitzen zwei Herren. Der Blonde ist erst heute angekommen. Ich hab ihn aus dem Wagen steigen sehen. Die Dame ist gar nicht mehr jung. Sie ist schon ein paar Tage lang hier. Ich habe nicht gewusst, dass sie so schön Klavier spielt. Sie hat es gut. Alle Menschen haben es gut … nur

ich bin verdammt … Dorsday! Dorsday! Ist er das wirklich? Er sieht mich nicht. Jetzt schaut er aus wie ein anständiger Mensch. Er hört zu. Fünfzigtausend! Jetzt oder nie. Leise die Tür aufgemacht. Da bin ich, Herr von Dorsday! Er sieht mich nicht. Ich will ihm nur ein Zeichen mit den Augen geben, dann werde ich den Mantel ein wenig lüften, das ist genug. Ich bin ja ein junges Mädchen. Bin ein anständiges junges Mädchen aus guter Familie. Bin ja keine Dirne …

Ich will fort. Ich will Veronal nehmen und schlafen. Sie haben sich geirrt, Herr von Dorsday, ich bin keine Dirne. Adieu, adieu! … Ha, er schaut auf. Da bin ich, Herr von Dorsday. Was für Augen er macht. Seine Lippen zittern. Er bohrt seine Augen in meine Stirn. Er ahnt nicht, dass ich nackt bin unter dem Mantel. Lassen Sie mich fort, lassen Sie mich fort! Seine Augen glühen. Seine Augen drohen. Was wollen Sie von mir? Sie sind ein Schuft. Keiner sieht mich als er. Sie hören zu. So kommen Sie doch, Herr

von Dorsday! Merken Sie nichts? Dort im Fauteuil – Herrgott, im Fauteuil – das ist ja der Filou! Himmel, ich danke dir. Er ist wieder da, er ist wieder da! Er war nur auf einer Tour! Jetzt ist er wieder da. Der Römerkopf ist wieder da. Mein Bräutigam, mein Geliebter. Aber er sieht mich nicht. Er soll mich auch nicht sehen. Was wollen Sie, Herr von Dorsday? Sie schauen mich an, als wenn ich Ihre Sklavin wäre. Ich bin nicht Ihre Sklavin. Fünfzigtausend! Bleibt es bei unserer Abmachung, Herr von Dorsday? Ich bin bereit. Da bin ich. Ich bin ganz ruhig. Ich lächle. Verstehen Sie meinen Blick? Sein Auge spricht zu mir: Komm! Sein Auge spricht: Ich will dich nackt sehen. Nun, du Schuft, ich bin ja nackt. Was willst du denn noch? Schick die Depesche ab … Sofort … Es rieselt durch meine Haut. Die Dame spielt weiter. Köstlich rieselt es durch meine Haut. Wie wundervoll ist es, nackt zu sein. Die Dame spielt weiter, sie weiß nicht, was hier geschieht. Niemand weiß es. Keiner noch sieht mich. Filou, Filou! Nackt stehe ich da. Dorsday reißt die Augen auf. Jetzt endlich glaubt er es. Der Filou steht auf. Seine Augen leuchten. Du verstehst mich, schöner Jüngling. „Haha!" Die Dame spielt nicht mehr. Der Papa ist gerettet. Fünfzigtausend! Adresse bleibt Fiala! „Ha, ha, ha!" Wer lacht denn da? Ich selber? „Ha, ha, ha!" Was sind denn das für Gesichter um mich? „Ha, ha, ha!" Zu dumm, dass ich lache. Ich will nicht lachen, ich will nicht. „Haha!" – *„Else!"* – Wer ruft Else? Das ist Paul. Er muss hinter mir sein. Ich spüre einen Luftzug über meinen nackten Rücken! Es saust in meinen Ohren. Vielleicht bin ich schon tot? Was wollen Sie, Herr von Dorsday? Warum sind Sie so groß und stürzen über mich her? „Ha, ha, ha!"

Was habe ich denn getan? Was habe ich getan? Was habe ich getan? Ich falle um. Alles ist vorbei. Warum ist denn keine Musik mehr? Ein Arm schlingt sich um meinen Nacken. Das ist Paul. Wo ist denn der Filou? Da lieg ich. „Ha, ha, ha!" Der Mantel fliegt auf mich herab. Und ich liege da. Die Leute halten mich für ohnmächtig. Nein, ich bin nicht ohnmächtig. Ich bin bei vollem Bewusstsein. Ich bin hundertmal wach, ich bin tausendmal wach. Ich muss nur immer lachen. „Ha, ha, ha!" Jetzt haben Sie Ihren Willen, Herr von Dorsday, Sie müssen das Geld für Papa schicken. Sofort. „Haaaah!" Ich will nicht schreien, und ich muss immer schreien. Warum muss ich denn schreien. – Meine Augen sind zu. Niemand kann mich sehen. Papa ist gerettet. – *„Else!"* – Das ist die Tante. – *„Else! Else!"* – *„Ein Arzt, ein Arzt!"* – *„Geschwind zum Portier!"* – *„Was ist denn passiert?"* – *„Das ist ja nicht möglich."* – *„Das arme Kind."* – Was reden sie denn da? Was murmeln sie denn da? Ich bin kein armes Kind. Ich bin glücklich. Der Filou hat mich nackt gesehen. Oh, ich schäme mich so. Was habe ich getan? Nie wieder werde ich die Augen öffnen. – *„Bitte, die Türe schließen."* – Warum soll man die Türe schließen? Was für Gemurmel. Tausend Leute sind um mich. Sie halten mich alle für ohnmächtig. Ich bin nicht ohnmächtig. Ich träume nur. – *„Beruhigen Sie sich doch, gnädige Frau."* – *„Ist schon um den Arzt geschickt?"* – *„Es ist ein Ohnmachtsanfall."* – Wie weit sie alle weg sind. Sie sprechen alle vom Cimone herunter. – *„Man kann sie doch nicht auf dem Boden liegen lassen."* – *„Hier ist ein Plaid."* – *„Eine Decke."* – *„Decke oder Plaid, das ist ja gleichgültig."* – *„Bitte doch um Ruhe."* – *„Auf den Diwan."* – *„Bitte doch endlich die Türe zu schließen."* – *„Nicht so nervös sein, sie ist ja geschlossen."* – *„Else! Else!"* – Wenn die Tante nur endlich still wär! – *„Hörst du mich, Else?"* – *„Du siehst doch, Mama, dass sie ohnmächtig ist."* – Ja, Gott sei Dank, für euch bin ich ohnmächtig. Und ich bleibe auch ohnmächtig. – *„Wir müssen sie auf ihr Zimmer bringen."* – *„Was ist denn da geschehen? Um Gottes willen!"* – Cissy. Wie kommt denn Cissy auf die Wiese. Ach, es ist ja nicht die Wiese. – *„Else!"* – *„Bitte um Ruhe."* – *„Bitte ein wenig zurücktreten."* – Hände, Hände unter mir. Was wollen sie denn? Wie schwer ich bin. Pauls Hände. Fort, fort. Der Filou ist in meiner Nähe, ich spüre es. Und Dorsday ist fort. Man muss ihn suchen. Er darf sich nicht umbringen, ehe er die fünfzigtausend abgeschickt hat. Meine Herrschaften, er ist mir Geld schuldig. Verhaften Sie ihn. *„Hast du eine Ahnung, von wem die Depesche war, Paul?"* – *„Guten*

Abend, meine Herrschaften.“ – *„Else, hörst du mich?“* – *„Lassen Sie sie doch, Frau Cissy.“* – *„Ach Paul.“* – *„Der Direktor sagt, es kann vier Stunden dauern, bis der Doktor da ist.“* – *„Sie sieht aus, als wenn sie schliefe.“* – Ich liege auf dem Diwan, Paul hält meine Hände, er fühlt mir den Puls. Richtig, er ist ja Arzt. – *„Von Gefahr ist keine Rede, Mama. Ein – Anfall.“* – *„Keinen Tag länger bleibe ich im Hotel.“* – *„Bitte dich, Mama.“* – *„Morgen früh reisen wir ab.“* – *„Aber einfach über die Dienerschaftsstiege. Die Tragbahre wird sofort hier sein.“* – Bahre? Bin ich nicht heute schon auf einer Bahre gelegen? War ich nicht schon tot? Muss ich denn noch einmal sterben? – *„Wollen Sie nicht dafür sorgen, Herr Direktor, dass die Leute sich endlich von der Türe entfernen.“* – *„Rege dich doch nicht auf, Mama.“* – *„Es ist eine Rücksichtslosigkeit von den Leuten.“* – Warum flüstern sie denn alle? Wie in einem Sterbezimmer. Gleich wird die Bahre da sein. Mach auf das Tor, Herr Matador! – *„Der Gang ist frei.“* – *„Die Leute könnten doch wenigstens so viel Rücksicht haben.“* – *„Ich bitte dich, Mama, beruhige dich doch.“* – *„Bitte, gnädige Frau.“* – *„Wollen Sie sich nicht ein wenig meiner Mutter annehmen, Frau Cissy?“* – Sie ist seine Geliebte, aber sie ist nicht so schön wie ich. Was ist denn schon wieder? Was geschieht denn da? Sie bringen die Bahre. Ich sehe es mit geschlossenen Augen. Das ist die Bahre, auf der sie die Verunglückten tragen. Auf der ist auch der Doktor Zigmondi gelegen, der vom Cimone abgestürzt ist. Und jetzt werde ich auf der Bahre liegen. Ich bin auch abgestürzt. „Ha!“ Nein, ich will nicht noch einmal schreien. Sie flüstern. Wer beugt sich über meinen Kopf? Es riecht gut nach Zigaretten. Seine Hand ist unter meinem Kopf. Hände unter meinem Rücken, Hände unter meinen Beinen. Fort, fort, rührt mich nicht an. Ich bin ja nackt. Pfui, pfui. Was wollt Ihr denn? Lasst mich in Ruhe. Es war nur für Papa. – *„Bitte vorsichtig, so, langsam.“* – *„Der Plaid?“* – *„Ja, danke, Frau Cissy.“* – Warum dankt er ihr? Was hat sie denn getan? Was geschieht mit mir? Ah, wie gut, wie gut. Ich schwebe. Ich schwebe hinüber. Man trägt mich, man trägt mich, man trägt mich zu Grabe. – *„Aber mir sein das g'wohnt, Herr Doktor. Da sind schon Schwerere darauf gelegen. Im vorigen Herbst einmal zwei zugleich.“* – *„Pst, pst.“* – *„Vielleicht sind Sie so gut, vorauszugehen, Frau Cissy, und sehen, ob in Elses Zimmer alles in Ordnung ist.“* – Was hat Cissy in meinem Zimmer zu tun? Das Veronal, das Veronal! Wenn Sie es nur nicht weggießen. Dann müsste ich mich doch zum Fenster hinunterstürzen. – *„Danke sehr, Herr Direktor, bemühen Sie sich nicht weiter.“* – *„Ich werde mir erlauben, später wieder nachzufragen.“* – Die Treppe knarrt, die Träger haben schwere Bergstiefel. Wo sind meine Lackschuhe? Im Musikzimmer geblieben. Man wird sie stehlen. Ich habe sie der Agathe vermachen wollen. Fred kriegt meine Füllfeder. Sie tragen mich, sie tragen mich. Trauerzug. Wo ist Dorsday, der Mörder? Fort ist er. Auch der Filou ist fort. Er ist gleich wieder auf die Wanderschaft gegangen. Er ist nur zurückgekommen, um einmal meine weißen Brüste zu sehen. Und jetzt ist er wieder fort. Er geht einen schwindligen Weg zwischen Felsen und Abgrund; – leb wohl, leb wohl. – Ich schwebe, ich schwebe. Sie sollen mich nur hinauftragen, immer weiter, bis zum Dach, bis zum Himmel. Das wäre so bequem. – *„Ich habe es ja kommen gesehen, Paul."* – Was hat die Tante kommen gesehen? – *„Schon die ganzen letzten Tage habe ich so etwas kommen gesehen. Sie ist überhaupt nicht normal. Sie muss natürlich in eine Anstalt."* – *„Aber Mama, jetzt ist doch nicht der Moment, davon zu reden."* – Anstalt –? Anstalt –?! – *„Du denkst doch nicht, Paul, dass ich in ein und demselben Coupé mit dieser Person nach Wien fahren werde. Da könnte man schöne Sachen erleben."* – *„Es wird nicht das Geringste passieren, Mama. Ich garantiere dir, dass du keinerlei Ungelegenheiten haben wirst."* – *„Wie kannst du das garantieren?"* – Nein, Tante, du sollst keine Ungelegenheiten haben. Niemand wird Ungelegenheiten haben. Nicht einmal Herr von Dorsday. Wo sind wir denn? Wir bleiben stehen. Wir sind im zweiten Stock. Ich werde blinzeln. Cissy steht in der Tür und spricht mit Paul. – *„Hieher bitte. So. So. Hier. Danke. Rücken Sie die Bahre ganz nah ans Bett heran."* – Sie heben die Bahre. Sie tragen mich. Wie gut. Nun bin ich wieder zu Hause. Ah! – *„Danke. So, es ist schon recht. Bitte die Türe zu schließen. – Wenn Sie so gut sein wollten, mir zu helfen, Cissy."* – *„Oh, mit Vergnügen, Herr Doktor."* – *„Langsam, bitte. Hier, bitte, Cissy, fassen Sie sie an. Hier an den Beinen. Vorsichtig. Und dann – Else –? Hörst du mich, Else?"* – Aber natürlich höre ich dich, Paul. Ich höre alles. Aber was geht euch das an. Es ist ja so schön, ohnmächtig zu sein. Ach, macht, was ihr wollt. – *„Paul!"* – *„Gnädige Frau?"* – *„Glaubst du wirklich, dass sie bewusstlos ist, Paul?"* – Du? Sie sagt ihm du. Hab ich euch erwischt! Du sagt sie ihm! – *„Ja, sie ist vollkommen bewusstlos. Das kommt nach solchen Anfällen gewöhnlich vor."* – *„Nein, Paul, du bist zum Kranklachen, wenn du dich so erwachsen als Doktor benimmst."* – Hab ich euch, Schwindelbande! Hab ich euch? – *„Still, Cissy."* – *„Warum denn, wenn sie nichts hört?!"* – Was ist denn geschehen? Nackt liege ich im Bett unter der Decke. Wie haben sie das gemacht? – *„Nun, wie geht's? Besser?"* – Das ist ja die Tante. Was will sie denn da? – *„Noch immer ohnmächtig?"* – Auf den Zehenspitzen schleicht sie heran. Sie soll zum Teufel gehen. Ich lass mich in keine Anstalt bringen. Ich bin nicht irrsinnig. – *„Kann man sie nicht zum Bewusstsein erwecken?“* – *„Sie wird bald wieder zu sich kommen, Mama. Jetzt braucht sie nichts als Ruhe. Übrigens du auch, Mama. Möchtest du nicht schlafen gehen? Es besteht absolut keine Gefahr. Ich werde zusammen mit Frau Cissy bei Else Nachtwache halten.“* – *„Jawohl, gnädige Frau, ich bin die Gardedame. Oder Else, wie man's nimmt.“* – Elendes Frauenzimmer. Ich liege hier ohnmächtig und sie macht Späße. *„Und ich kann mich darauf verlassen, Paul, dass du mich wecken lässt, sobald der Arzt kommt?“* – *„Aber Mama, der kommt nicht vor morgen früh.“* – *„Sie sieht aus, als wenn sie schliefe. Ihr Atem geht ganz ruhig.“* – *„Es ist ja auch eine Art von Schlaf, Mama.“* – *„Ich kann mich noch immer nicht fassen, Paul, ein solcher Skandal! – Du wirst sehen, es kommt in die Zeitung!“* – *„Mama!“* – *„Aber sie kann doch nichts hören, wenn sie ohnmächtig ist. Wir reden doch ganz leise.“* – *„In diesem Zustand sind die Sinne manchmal unheimlich geschärft.“* – *„Sie haben einen so gelehrten Sohn, gnädige Frau.“* – *„Bitte dich, Mama, geh zu Bette.“* – *„Morgen reisen wir ab, unter jeder Bedingung. Und in Bozen nehmen wir eine Wärterin für Else.“* – Was? Eine Wärterin? Da werdet ihr euch aber täuschen. – *„Über all das reden wir morgen, Mama. Gute Nacht, Mama.“* – *„Ich will mir einen Tee aufs Zimmer bringen lassen und in einer Viertelstunde schau ich noch einmal her.“* – *„Das ist doch absolut nicht notwendig, Mama.“* – Nein, notwendig ist es nicht. Du sollst überhaupt zum Teufel gehen. Wo ist das Veronal? Ich muss noch warten. Sie begleiten die Tante zur Türe. Jetzt sieht mich niemand. Auf dem Nachttisch muss es ja stehen, das Glas mit dem Veronal. Wenn ich es austrinke, ist alles vorbei. Gleich werde ich es trinken. Die Tante ist fort. Paul und Cissy stehen noch an der Tür. Ha. Sie küsst ihn. Sie küsst ihn. Und ich liege nackt unter der Decke. Schämt ihr euch denn gar nicht. Sie küsst ihn wieder. Schämt ihr euch nicht? – *„Siehst du, Paul, jetzt weiß ich, dass sie ohnmächtig ist. Sonst wäre sie mir unbedingt an die Kehle gesprungen.“* *„Möchtest du mir nicht den Gefallen tun und schweigen, Cissy?“* – *„Aber was willst du denn, Paul? Entweder ist sie wirklich bewusstlos. Dann hört und sieht sie nichts. Oder sie hält uns zum Narren. Dann geschieht ihr ganz recht.“* – *„Es hat geklopft, Cissy.“* – *„Mir kam es auch so vor.“* – *„Ich will leise aufmachen und sehen, wer es ist. – Guten Abend, Herr von Dorsday.“* – *„Verzeihen Sie, ich wollte nur fragen, wie sich die Kranke“* – Dorsday! Dorsday! Wagt er es wirklich! Alle Bestien sind losgelassen. Wo ist er denn? Ich höre sie flüstern vor der Tür. Paul und Dorsday. Cissy stellt sich vor den

Spiegel hin. Was machen Sie vor dem Spiegel dort? Mein Spiegel ist es. Ist nicht mein Bild noch drin? Was reden sie draußen vor der Tür, Paul und Dorsday? Ich fühle Cissys Blick. Vom Spiegel aus sieht sie zu mir her. Was will sie denn? Warum kommt sie denn näher? Hilfe! Hilfe! Ich schreie doch, und keiner hört mich. Was wollen Sie an meinem Bett, Cissy?! Warum beugen Sie sich herab? Wollen Sie mich erwürgen! Ich kann mich nicht rühren. – „*Else!*" – Was will sie denn? – „*Else! Hören Sie mich, Else?*" – Ich höre, aber ich schweige. Ich bin ohnmächtig, ich muss schweigen. – „*Else, Sie haben uns in einen schönen Schreck versetzt.*" – Sie spricht zu mir. Sie spricht zu mir, als wenn ich wach wäre. Was will sie denn? – „*Wissen Sie, was Sie getan haben, Else? Denken Sie, nur mit dem Mantel bekleidet sind Sie ins Musikzimmer getreten, sind plötzlich nackt dagestanden vor allen Leuten und dann sind Sie ohnmächtig hingefallen. Ein hysterischer Anfall, wird behauptet. Ich glaube kein Wort davon. Ich glaube auch nicht, dass Sie bewusstlos sind. Ich wette, Sie hören jedes Wort, das ich rede.*" – Ja, ich höre, ja, ja, ja. Aber sie hört mein Ja nicht. Warum denn nicht? Ich kann meine Lippen nicht bewegen. Darum hört sie mich nicht. Ich kann mich nicht rühren. Was ist denn mit mir? Bin ich tot? Bin ich scheintot? Träume ich? Wo ist das Veronal? Ich möchte mein Veronal trinken. Aber ich kann den Arm nicht ausstrecken. Gehen Sie fort, Cissy. Warum sind Sie über mich gebeugt? Fort, fort! Nie wird sie wissen, dass ich sie gehört habe. Niemand wird es je wissen. Nie wieder werde ich zu einem Menschen sprechen. Nie wache ich wieder auf. Sie geht zur Türe. Sie wendet sich noch einmal nach mir um. Sie öffnet die Türe. Dorsday! Dort steht er. Ich habe ihn gesehen mit geschlossenen Augen. Nein, ich sehe ihn wirklich. Ich habe ja die Augen offen. Die Türe ist angelehnt. Cissy ist auch draußen. Nun flüstern sie alle. Ich bin allein. Wenn ich mich jetzt rühren könnte.

Ha, ich kann ja, kann ja. Ich bewege die Hand, ich rege die Finger, ich strecke den Arm, ich sperre die Augen weit auf. Ich sehe, ich sehe. Da steht mein Glas. Geschwind, ehe sie wieder ins Zimmer kommen. Sind es nur Pulver genug?! Nie wieder darf ich erwachen. Was ich zu tun hatte auf der Welt, habe ich getan. Der Papa ist gerettet. Niemals könnte ich wieder unter Menschen gehen. Paul guckt durch die Türspalte herein. Er denkt, ich bin noch ohnmächtig. Er sieht nicht, dass ich den Arm beinahe schon ausgestreckt habe. Nun stehen sie wieder alle drei draußen vor der Tür, die Mörder! – Alle sind sie Mörder. Dorsday und Cissy und Paul, auch Fred ist ein Mörder und die Mama ist eine Mörderin. Alle haben sie mich gemordet und machen sich nichts wissen. Sie hat sich selber umgebracht, werden sie sagen. Ihr habt mich umgebracht, ihr alle, ihr alle! Hab ich es endlich? Geschwind, geschwind! Ich muss. Keinen Tropfen verschütten. So. Geschwind. Es schmeckt gut. Weiter, weiter. Es ist gar kein Gift. Nie hat mir was so gut geschmeckt. Wenn ihr wüsstet, wie gut der Tod schmeckt! Gute Nacht, mein Glas. Klirr, klirr! Was ist denn das! Auf dem Boden liegt das Glas. Unten liegt es. Gute Nacht. – *„Else! Else?“* – Was wollt ihr denn? – *„Else!“* – Seid ihr wieder da? Guten Morgen. Da lieg ich bewusstlos mit geschlossenen Augen. Nie wieder sollt ihr meine Augen sehen. – *„Sie muss sich bewegt haben, Paul, wie hätte es sonst herunterfallen können?“* – *„Eine unwillkürliche Bewegung, das wäre schon möglich.“* – *„Wenn sie nicht wach ist.“* – *„Was fällt dir ein, Cissy. Sieh sie doch nur an.“* – Ich habe Veronal getrunken. Ich werde sterben. Aber es ist geradeso wie vorher. Vielleicht war es nicht genug ... Paul fasst meine Hand. – *„Der Puls geht ruhig. Lach doch nicht, Cissy. Das arme Kind.“* – *„Ob du mich auch ein armes Kind nennen würdest, wenn ich mich im Musikzimmer nackt hingestellt hätte?“* – *„Schweig doch, Cissy.“* – *„Ganz nach Belieben, mein Herr. Vielleicht soll ich mich entfernen, dich mit dem nackten Fräulein allein lassen. Ach bitte, geniere dich nicht. Tu, als ob ich nicht da wäre.“* – Ich habe Veronal getrunken. Es ist gut. Ich werde sterben. Gott sei Dank. – *„Übrigens weißt du, was mir vorkommt. Dass dieser Herr von Dorsday in das nackte Fräulein verliebt ist. Er war so erregt, als ginge ihn die Sache persönlich an.“* – Dorsday, Dorsday! Das ist ja der – Fünfzigtausend! Wird er sie abschicken? Um Gottes willen, wenn er sie nicht abschickt? Ich muss es ihnen sagen. Sie müssen ihn zwingen. Um Gottes willen, wenn alles umsonst gewesen ist? Aber jetzt kann man mich noch retten. Paul! Cissy! Warum hört ihr mich denn nicht? Wisst ihr denn nicht, dass ich sterbe? Aber ich spüre nichts. Nur müde bin ich. Paul! Ich bin müde. Hörst du mich denn nicht? Ich bin müde, Paul. Ich kann die Lippen nicht öffnen. Ich kann die Zunge nicht bewegen, aber ich bin noch nicht tot. Das ist das Veronal. Wo seid ihr denn? Gleich schlafe ich ein. Dann wird es zu spät sein! Ich höre sie gar nicht reden. Sie reden, und ich weiß nicht was. Ihre Stimmen brausen so. So hilf mir doch, Paul! Die Zunge ist mir so schwer. – *„Ich glaube, Cissy, dass sie bald erwachen wird. Es ist, als wenn sie sich schon mühte, die Augen zu öffnen. Aber Cissy, was tust du denn?“* – *„Nun, ich umarme dich. Warum denn nicht? Sie hat sich auch nicht geniert.“* – Nein, ich habe mich nicht geniert. Nackt bin ich dagestanden vor allen Leuten. Wenn ich nur reden könnte, so würdet ihr verstehen warum. Paul! Paul! Ich will, dass ihr mich hört. Ich habe Veronal getrunken, Paul, zehn Pulver, hundert. Ich hab es nicht tun wollen. Ich war verrückt. Ich will nicht sterben. Du sollst mich retten, Paul. Du bist ja Doktor. Rette mich! – *„Jetzt scheint sie wieder ganz ruhig geworden. Der Puls – der Puls ist ziemlich regelmäßig.“* – Rette mich, Paul. Ich beschwöre dich. Lass mich doch nicht sterben. Jetzt ist's noch Zeit. Aber dann werde ich einschlafen und ihr werdet es nicht wissen. Ich will nicht sterben. So rette mich doch. Es war nur wegen Papa. Dorsday hat es verlangt. Paul! Paul! – *„Schau mal her, Cissy, scheint dir nicht, dass sie lächelt?“* – *„Wie sollte sie nicht lächeln, Paul, wenn du immerfort zärtlich ihre Hand hältst.“* – Cissy, Cissy, was habe ich dir denn getan, dass du so böse zu mir bist. Behalte deinen Paul – aber lasst mich nicht sterben. Ich bin noch so jung. Die Mama wird sich kränken. Ich will noch auf viele Berge klettern. Ich will noch tanzen. Ich will auch einmal heiraten. Ich will noch reisen. Morgen machen wir die Partie auf den Cimone. Morgen wird ein wunderschöner Tag sein. Der Filou soll mitkommen. Ich lade ihn ergebenst ein. Lauf ihm doch nach, Paul, er geht einen so schwindligen Weg. Er wird dem Papa begegnen. Adresse bleibt Fiala, vergiss nicht. Es sind nur fünfzigtausend, und dann ist alles in Ordnung. Da marschieren sie alle im Sträflingsgewand und singen. Mach auf das Tor, Herr Matador! Das ist ja alles nur ein Traum. Da geht auch Fred mit dem heisren Fräulein und unter dem freien Himmel steht das Klavier. Der Klavierstimmer wohnt in der Bartensteinstraße, Mama! Warum hast du ihm denn nicht geschrieben, Kind? Du vergisst aber alles. Sie sollten mehr Skalen üben, Else. Ein Mädel mit dreizehn Jahren sollte fleißiger sein. – Rudi war auf dem Maskenball und ist erst um acht Uhr früh nach Hause gekommen. Was hast du mir mitgebracht, Papa? Dreißigtausend Puppen. Da brauch ich ein eigenes Haus dazu. Aber sie können auch im Garten spazieren gehen. Oder auf den Maskenball mit Rudi. Grüß dich Gott, Else. Ach Bertha, bist du wieder aus Neapel zurück? Ja, aus Sizilien. Erlaube, dass ich dir meinen Mann vorstelle, Else. Enchanté, Monsieur. – *„Else, hörst du mich, Else? Ich bin es, Paul.“* – Haha, Paul. Warum sitzest du denn auf der Giraffe im Ringelspiel? – *„Else, Else!“* – So reit mir doch nicht davon. Du kannst mich doch nicht hören, wenn du so schnell durch die Hauptallee reitest. Du sollst mich ja retten. Ich habe Veronalica genommen. Das läuft mir über die Beine, rechts und links, wie Ameisen. Ja, fang ihn nur, den Herrn von Dorsday. Dort läuft er. Siehst du ihn denn nicht? Da springt er über den Teich. Er hat ja den Papa umgebracht. So lauf ihm doch nach. Ich laufe mit. Sie haben mir die Bahre auf den Rücken geschnallt, aber ich laufe mit.

Meine Brüste zittern so. Aber ich laufe mit. Wo bist du denn, Paul? Fred, wo bist du? Mama, wo bist du? Cissy? Warum lasst ihr mich denn allein durch die Wüste laufen? Ich habe ja Angst so allein. Ich werde lieber fliegen. Ich habe ja gewusst, dass ich fliegen kann.

„Else!" …

„Else!"…

Wo seid ihr denn? Ich höre euch, aber ich sehe euch nicht.

„Else!" …

„Else!" …

„Else!" …

Was ist denn das? Ein ganzer Chor? Und Orgel auch? Ich singe mit. Was ist es denn für ein Lied? Alle singen mit. Die Wälder auch und die Berge und die Sterne. Nie habe ich etwas so Schönes gehört. Noch nie habe ich eine so helle Nacht gesehen. Gib mir die Hand, Papa. Wir fliegen zusammen. So schön ist die Welt, wenn man fliegen kann. Küss mir doch nicht die Hand. Ich bin ja dein Kind, Papa.

„Else! Else!"

Sie rufen von so weit! Was wollt ihr denn? Nicht wecken. Ich schlafe ja so gut. Morgen früh. Ich träume und fliege. Ich fliege … fliege … fliege … schlafe und träume … und fliege … nicht wecken … morgen früh …

„El …"

Ich fliege … ich träume … ich schlafe … ich träu … träu … – ich flie …

NACHWORT

In den 90er Jahren des 19. Jahrhunderts wurde Wien zum Zentrum der literarischen Moderne. Diese Zeit, die gesellschaftlich von großen Gegensätzen zwischen den sozialen Schichten und politisch von der zunehmenden Labilität der Habsburgermonarchie geprägt war, sollte sich als künstlerisch äußerst produktiv erweisen.

Es vollzog sich in dieser Epoche die Abkehr vom Naturalismus zum Impressionismus, also hin zur Darstellung des subjektiv Wahrgenommenen, des „Eindrucks". Der Impressionismus ist daher auch als Rückzug in den ästhetischen Innenraum beschrieben worden, und Hugo von Hofmannsthal bemerkte, modern sei derzeit „die Analyse des Lebens und die Flucht aus dem Leben". Hofmannsthal gehörte, ebenso wie auch Schnitzler, zu der Gruppe von Schriftstellern, die unter dem Begriff „Junges Wien" bekannt wurde.

Der literarische Impressionismus war vor allem darum bemüht, subjektive Empfindungen zu versprachlichen. Es wurde also nicht eine objektive „Wirklichkeit" als komplexe Einheit dargestellt, sondern das Innenleben einer Figur mit allen seinen Nuancen. Die Neuerungen des Impressionismus stellten dabei auch neue Anforderungen an die Schriftsteller: Der Versuch, die Vorgänge in der menschlichen Psyche möglichst detailgenau wiederzugeben, also die Verlagerung der Darstellung in den seelischen Innenraum, führte zur Auflösung des traditionellen Handlungsgefüges epischer Texte und zur Entwicklung neuer Erzähltechniken. Eine der bedeutenden Errungenschaften der Epoche in diesem Zusammenhang ist der „innere Monolog", den Schnitzler in *Leutnant Gustl* und *Fräulein Else* zum übergreifenden Erzählprinzip erhebt.

Diese Technik erlaubt es, die seelischen Vorgänge einer Figur ohne Eingreifen einer Erzählinstanz wiederzugeben. Grammatisch zeichnet sich der innere Monolog durch die Verwendung der 1. Person Indikativ Präsens aus, syntaktisch ist er wie die direkte Rede konstruiert. Die Beschränkung auf die Wahrnehmungswelt einer Figur, wie sie für den inneren Monolog charakteristisch ist, stellt den Autor vor das Problem, alle notwendigen Informationen ohne einen erklärenden oder kommentierenden Erzähler zu vermitteln, d. h. keine Informationen transportieren zu können, die über das Bewusstsein einer Figur hinausgehen. Daher ist diese Technik in vielen Werken nur punktuell, als eine von mehreren Erzähltechniken, eingesetzt worden. Arthur Schnitzler kommt jedoch das Verdienst zu, in *Leutnant Gustl* als erster deutschsprachiger Schriftsteller diese Technik konsequent durchgeführt zu haben. Vorbild für Schnitzler war der Roman *Les Lauriers sont coupés* des Franzosen Émile Dujardin. Weiterentwickelt wurde diese Erzähltechnik jedoch vor allem in der angelsächsischen Literatur (vgl. James Joyce: Ulysses).

Das neue Interesse der Autoren an der menschlichen Psyche führte nicht nur zur Entwicklung neuer Erzähltechniken, sondern erschloss der Literatur auch neue Themenfelder. Diese Entwicklung auf literarischem stand in engem Zusammenhang mit den neuesten Entwicklungen auf wissenschaftlichem Gebiet: zu gleicher Zeit entwickelte sich in Wien die Psychoanalyse und zeitgleich mit *Leutnant Gustl* erschien Sigmund

Freuds epochemachende Schrift *Traumdeutung*. Die Phänomene, die Freud hier untersucht, beschäftigten auch die zeitgenössischen Schriftsteller: das Ich, der Traum und das Unbewusste sowie die Sexualität. Ein gutes Beispiel für die Thematisierung dieser Phänomene bei Schnitzler ist *Fräulein Else*.

Schnitzler bedient sich der oben erläuterten Erzähltechniken, um die Psyche der Protagonisten beider Novellen detailliert darzustellen. Die Figurencharakterisierung erfolgt hier nicht über einen Erzähler, sondern implizit durch die Sprache der Figuren, ihre gesellschaftliche Stellung und den Ort der Handlung. Der Konflikt, der sich jeweils entwickelt, wird also aus der Innensicht der betreffenden Figur aufgerollt, über „stumme Selbstgespräche" und Dialoge, die sich großenteils in der Phantasie der Figuren abspielen. Gleichzeitig transportieren diese Äußerungen aber auch eine Fülle von Informationen über deren persönliches und soziales Umfeld und charakterisieren damit implizit die Gesellschaft als Ganzes. So lassen sich in beiden Novellen bestimmte, ähnliche Charakteristika des gesellschaftlichen Umfelds wiedererkennen, z. B. in Bezug auf die Bedeutung des Geldes für die soziale Stellung, die materialisierte Einstellung zum anderen Geschlecht und die Austauschbarkeit der Sexualobjekte, das Herrschen heuchlerischer Ehr- und Moralbegriffe etc.

Obwohl *Leutnant Gustl* und *Fräulein Else* jeweils Einzelfälle darstellen, zeigt ein Vergleich der Texte, dass es sich offenbar um für die österreichische Gesellschaft in dieser Zeit charakteristische Phänomene handelt. Der zentrale Konflikt steht in beiden Fällen in engem Zusammenhang mit dem gesellschaftlichen Umfeld und die Handlungen der Figuren, ihre sozialen Beziehungen, ja sogar ihre Gefühle und ihr Denken, stehen unter dem Diktat eben dieser Gesellschaft. Zwar sind die Konventionen von Else und Gustl in verschieden hohem Grad internalisiert worden, doch ist beiden gemeinsam, dass sie innerhalb des gesellschaftlichen Rahmens eine bzw. mehrere „Rollen" spielen, d. h. einem vorgegebenen Verhaltungsmuster folgen. Auf die Bedeutung des Rollenspiels deuten u. a. die Titel der Novellen und zahlreiche Textstellen hin („Du willst wirklich nicht mehr weiterspielen, Else?" – „Nein, Paul, ich kann nicht mehr." S. 33). Die jeweilige Rolle gibt die Verhaltensnormen vor; die Rolle zu verlassen bedeutet, sich außerhalb des gesellschaftlich akzeptierten Rahmens zu bewegen und auf den Schutz durch das soziale Umfeld zu verzichten, was bei *Fräulein Else* besonders deutlich wird. Dass die Ursachen für ihren Konflikt bei der Gesellschaft zu suchen sind, formuliert sie ganz explizit: „… sie haben mich ja doch nur daraufhin erzogen, dass ich mich verkaufe" (S. 62). „Alle sind sie Mörder" (S. 84).

Indem er diese Figuren die gesellschaftliche Situation widerspiegeln lässt, gelingt es dem Autor, in seiner psychologischen Analyse von Einzelfällen gleichzeitig ein Bild der Gesellschaft zu entwerfen. Dass seine Zeitgenossen Schnitzlers Werke durchaus auch als gesellschaftskritisch verstanden, zeigt die öffentliche Reaktion auf das Erscheinen von *Leutnant Gustl*: gegen den Schriftsteller – der als Arzt in der österreichischen Armee den Rang eines Reserveoffiziers bekleidete – wurde ein Verfahren vor der Ehrenkommission angestrengt, in dessen Folge ihm der Offiziersrang wegen Verletzung der Standesehre abgesprochen wurde.

ZEITTAFEL ZU ARTHUR SCHNITZLER

15. 5. 1862 Geburt Arthur Schnitzlers in Wien als ältester Sohn des jüdischen Arztes Johann Schnitzler und seiner Frau Louise
1871–1879 Besuch des Akademischen Gymnasiums in Wien
1880 Das *Liebeslied der Ballerine* erscheint in der Zeitschrift „Der freie Landbote" als Schnitzlers erste literarische Veröffentlichung
1885 Abschluss des Medizinstudiums mit der Promotion
1885–1888 Assistent und Sekundararzt im Wiener Allgemeinen Krankenhaus
1888–1893 Assistent des Vaters an der Poliklinik
ab 1890 Teilnahme am Literatenzirkel „Jung-Wien" um Hermann Bahr
Mitarbeit an der medizinischen Wochenzeitschrift seines Vaters „Internationale klinische Rundschau"
Eröffnung einer Privatpraxis; die Einakterreihe *Anatol* erscheint (Uraufführung in Wien 1910)
1894 Aufgabe der Arztpraxis; die Novelle *Sterben* erscheint
1895 Uraufführung des Schauspiels *Liebelei*, des größten Bühnenerfolgs Schnitzlers
1898 *Das Vermächtnis* (Drama)
1899 *Der grüne Kakadu* (Groteske); Novelle *Der Sohn*
1900 ***Lieutenant Gustl*** erscheint in der Weihnachtsnummer der „Neuen freien Presse"
Der Reigen. Zehn Dialoge erscheint im Privatdruck
1901 *Frau Berta Garlan* (Erzählung)
1903 Erscheinen der Buchausgabe des *Reigen*, der erst 1920 in Berlin uraufgeführt wurde; das Schauspiel *Der einsame Weg* erscheint
1904 Die Buchausgabe von *Der Reigen* wird in Deutschland verboten
1906 *Zwischenspiel* (Gesellschaftsstück)
1908 *Der Weg ins Freie* (Künstler- und Gesellschaftsroman)
1911 *Das weite Land* (Tragikomödie)
1912 *Professor Bernhardi* (Komödie), Uraufführung in Berlin (!)
1913 *Frau Beate und ihr Sohn* (Erzählung)
1914 Verfilmung von *Liebelei* in Dänemark
1917 *Doktor Gräsler, Badearzt* (Erzählung)
1918 *Casanovas Heimfahrt* (Erzählung)
1920 Uraufführung des vollständigen *Reigen* in Berlin
1924 ***Fräulein Else***
1926 *Traumnovelle; Spiel im Morgengrauen* (Erzählung)
1928 *Therese. Chronik eines Frauenlebens* (Roman)
1931 Die Erzählung *Flucht in die Finsternis*, die bereits 1917 fertig gestellt war, erscheint
21.10. 1931 Schnitzler stirbt in Wien
posthum erschienen:
1939 Aphorismen *Über Krieg und Frieden*
1968 *Jugend in Wien* (Autobiographie, Fragment)

WORTERKLARUNGEN

Die Ziffern vor den Anmerkungen bezeichnen die Seiten.

Leutnant Gustl

5 *Viertel auf zehn.* 21.45 Uhr

Oratorium. opernartiges Musikwerk ohne szenische Handlung mit meist religiösen oder episch-dramatischen Stoffen

Billett. Eintrittskarte

Loge. kleiner, abgeteilter Raum mit mehreren Sitzplätzen im Theater

„Traviata“. La Traviata, Oper von Guiseppe Verdi (1813–1901)

6 *Offizierskasino.* Speiseraum für Offiziere

beim „Grünen Tor“. gemeint ist das Gasthaus „Zum Grünen Tor“ in Wien

Virginia. lange, dünne Zigarre mit einem Mundstück aus Stroh

sonst stell ich Sie mir. sonst stelle ich Sie zur Rede

Foyer. Wandelhalle im Theater

vorlamentieren. klagen, jammern; jammernd um etwas betteln

Abschreiberei. schriftliche Absagen der Verabredungen

nachtmahlen. zu Abend essen

Gartenbaugesellschaft. ein Wiener Lokal

vis-à-vis (franz.). gegenüber

7 *gegiftet.* geärgert

Gulden. Der Gulden war 1857–92 in Österreich die Silberwährung (1 Gulden = 100 Kreuzer)

Sustentation (lat.). Unterstützung, Versorgung

Kreuzer. s. *Gulden*

heuer. in diesem Jahr

„Madame Sans-Gêne“. Komödie von Victorien Sardou und Emile Moreau

ein bissl. ein bisschen.

8 *Landwehr.* stehendes Nationalheer in Österreich (in Ungarn: Honvéd), als Reserve der gemeinsamen österreichisch-ungarischen k. u. k. Armee

ein Exempel statuieren. durch drastisches Vorgehen ein abschreckendes Beispiel aufstellen

nimmer auslassen. nicht loslassen

Kadettenschulen. militärische Internate für Offiziersanwärter

Stockschnupfen. hartnäckiger Schnupfen

9 *Rock.* für „des Kaisers Rock“: Militäruniform

10 *Leidinger.* Restaurant in Wien

Major von Fünfundneunzig. Major des Infanterieregiments 95

11 *stad.* ruhig, still

stante pede (lat.). (stehenden Fußes) sofort

12 *ein Sechserl.* Silbermünze, $^{1}/_{10}$ Gulden

Taper. für Tapp-Tarock: ein Kartenspiel

13 *quittieren.* den Dienst aufgeben

satisfaktionsunfähig. nach dem Ehrenkodex der k. u. k.

Armee nicht duellfähig. Satisfaktion: Genugtuung durch die Rücknahme einer Beleidigung oder durch einen Zweikampf (Duell). Gustl ist satisfaktionsunfähig, weil er seine Ehre nicht verteidigt hat, als er vom Bäckermeister beleidigt wurde.

Ehrenrat. Untersuchungskommission, deren Aufgabe es ist, die Ehre des Offiziersstandes zu wahren

14 *Beisl.* einfache Gaststätte

Mandat. Vollmacht; Auftrag, beim Duell als Sekundant zu fungieren. Jeder Duellant stellt zwei Sekundanten, die die Duellforderung überbringen, die Bedingungen vereinbaren und als Zeugen fungieren.

sekundieren. die Aufgaben eines Sekundanten übernehmen (s. o.)

15 *Fleischselcher.* von *selchen* (österr.): räuchern

Punktum und Streusand drauf. Noch feuchte Tintenschrift wurde früher mit Streusand abgelöscht, der Begriff steht daher für das endgültige Abschließen einer Angelegenheit

Jagendorfer. Georg J. Jagendorfer, bekannter Athlet und Ringkämpfer

Aspernbrücke. Die Brücke über den Donaukanal ist nach der Schlacht bei Aspern 1809 benannt, in der ein von Napoleon geführtes Heer zum ersten Mal keinen Sieg erringen konnte

Kagran. Vorort von Wien

Ronacher. gemeint ist das „Etablissement Ronacher“, ein Revue- und Varieté-Theater in Wien

16 *Distinktion.* Rang oder Rangabzeichen in der österr. Armee

was scher ich mich. was kümmere ich mich

Gemeiner. gemeiner Soldat, im Gegensatz zum Offizier

Kompa(g)nie. Truppeneinheit von 100 bis 250 Mann innerhalb eines Bataillons

Bataillon. Truppenverband aus mehreren Kompanien oder Batterien

Garnison. Standort einer Truppe

Armee-Steeple-Chase (engl.). Hindernisrennen, Jagdrennen

Przemysl. Garnisonsstadt an der Ostgrenze des Habsburgerreiches, im heutigen Polen

Galizien. nördlich der Karpaten gelegene österreichische Provinz, die 1918 an Polen fiel

Sambor. galizische Kreisstadt

17 *Prater.* bekannter Wiener Vergnügungs- und Naturpark

18 *niemandem einen Pflanz vorzumachen.* niemandem etwas vorzumachen, niemanden zu täuschen

19 *Kombattanten. hier:* Gegner

Cour machen. (von cour [franz.]: Hof) (jemandem) den Hof machen

20 *Servus.* ungezwungener Gruß unter Freunden oder Bekannten

21 *Karenz.* hier: Stundung

Gummiradler. Kutsche mit Gummireifen

Zeug'l. Kutsche, Pferdegespann

22 *Lohengrin.* Oper von Richard Wagner (1813–1883)

Fischamend. Stadt in Niederösterreich; hier als Fluch analog zu „Sakrament" gebraucht

23 *Krampen.* mageres Pferd, Mähre

Veigerln. Veilchen

Schubiak. Lump

Raunzen. weinerlicher Mensch

24 *Rest.* Schluss

Rendezvous. Stelldichein, Verabredung

gespieben. von speiben: speien, sich erbrechen

Tegetthoffsäule. Ein fast 15 m hohes Denkmal vor dem Wiener Nordbahnhof für Admiral Wilhelm Tegetthoff, der 1864 bei Helgoland die Dänen besiegte, 1866 vor Lissa die Italiener

Melange (österr.). Milchkaffee

Kipfel. auch Kipferl: Hörnchen

insultiert. beleidigt

Fallot (franz.: falot). auch Falott: Gauner, Betrüger

25 *Vierundvierziger.* 44. Ungarisches Infanterieregiment

Zug. Truppeneinheit, geführt von einem Leutnant oder Feldwebel

Komfortabelkutscher. einspännige Mietkutsche

Contenance. Fassung, Haltung, Gelassenheit

26 *Nachtkastelladel.* Nachttischschublade

Modistin. Hutmacherin

Jänner (österr.). Januar

Zuckerln. Bonbons

was mir das schon aufliegt. was mich das schon kümmert

Makulatur. hier: Altpapier, Abfall

Feber (österr.). Februar

27 *auf die Letzt.* schließlich

28 *Chargen.* Offiziere und Unteroffiziere

Britannikas. eine Zigarrensorte

Rapport. Bericht

Bosniaken. Angehörige eines Regiments aus Bosnien-Herzegowina, damals österreichisch

parieren. gehorchen

es hat's mir ja keiner g'schafft. es hat mir ja keiner befohlen

29 *Tarock* (ital.). ein Kartenspiel

schlieft ... hinein. schlüpft hinein

30 *Semmeln.* Brötchen

31 *Bussel.* Kuss

„Trabucco". eine Zigarre

32 *Exerzieren.* militärische Übung

Krenfleisch. österreichisches Gericht aus klein geschnittenem Rindfleisch, das mit Meerrettich (Kren) und Essig gekocht wird

Fräulein Else

33 *Dinner* (engl.). Abendessen

Matador (span.). Hauptkämpfer beim Stierkampf, der den Stier tötet; auch: Hauptperson, hervorragender Mann

affektiert. geziert, gekünstelt

Rosetta-Hütte. Hütte auf der Rosetta, einem Aussichtsberg innerhalb des Bergmassivs der Palagruppe in Südtirol

Cimone. Cimon della Pala, zweithöchster Berg der Palagruppe

Mentone. Badeort an der Côte d'Azur

34 *„Coriolan“.* Tragödie von William Shakespeare (1564–1616)

Van Dyck. Ernest van Dyck, belgischer Tenor (1861–1923), der u. a. auch an der Wiener Hofoper sang

Abbé Des Grieux. Figur in der Oper „Manon“ von Jules Massenet. In deren Wiener Aufführung von 1890 sang Van Dyck den Part des Abbé und Marie Renard die Manon.

die Renard. Marie Renard (1864–1939), Sängerin

Wörthersee. der größte See des österreichischen Bundesstaates Kärnten

Rolleweg. Spazierweg, benannt nach dem Rollepass bei San Martino di Castrozza, dem Ort, an dem die Handlung der Novelle angesiedelt ist (vgl. Anm. zu S. 35)

35 *Rakett.* Tennisschläger

enragiert. leidenschaftlich

Marienlyst. Seebad an der dänischen Ostseeküste

Bon soir, Mademoiselle. Vous allez bien? (franz.) Guten Abend, Fräulein. Geht es Ihnen gut?

Merci, Mademoiselle. Et vous? (franz.) Danke, Fräulein. Und Ihnen?

A bientôt (franz.). Bis bald.

Bonne (franz.). Kindermädchen, Erzieherin

Diner (franz.). festliches Abendessen

36 *Veronal.* ein starkes Schlafmittel

Marchesa. hoher italienischer Adelstitel

Buona sera (ital.). Guten Abend.

Filou. Spitzbube, Gauner; Draufgänger

Zirbelholz. das sehr wertvolle Holz der Zirbelkiefer

Apoll vom Belvedere. Statue des Gottes Apollo, des Gottes der Dichtkunst und Sohn des Zeus in der griechisch-römischen Mythologie; nach ihrem Standort im Belvedere-Hof des Vatikans benannt

37 *San Martino.* San Martino di Castrozza, bekannter Ferienort in Südtirol

Gulden. Der Gulden war 1857–92 in Österreich die Silberwährung (1 Gulden = 100 Kreuzer)

38 *Revers.* Schriftliche Erklärung, Verpflichtungsschein

Residenzklub. Klub im Residenzhof im I. Wiener Bezirk

Whistpartie. Whist (engl.): aus England stammendes Kartenspiel, Partie: Bezeichnung für einen Durchgang bzw. eine Runde bei bestimmten Spielen

39 *Rancune* (franz.). hier: Rachsucht
Mündelgelder. zum Vermögen einer unter Vormundschaft stehenden Person gehörendes Geld, das der Vormund verwaltet
40 *Souper*. festliches Abendessen
„Figaro". „Die Hochzeit des Figaro", Oper von Wolfgang Amadeus Mozart (1756–1791)
41 *nonchalant* (franz.). ungezwungen, lässig
Noblesse (lat.-franz.). Vornehmheit
Kriminal (österr.). Gefängnis, Strafanstalt
Toilette de circonstance (franz.). den Umständen angemessene Kleidung
42 *Palais*. Palast, Schloss
Eperies. Gebietshauptstadt in der östlichen Slowakei, bis 1919 zu Ungarn gehörig (ungar. Presov/Preschau)
Defraudanten. Defraudant: jemand, der einen Betrug begeht oder Geld unterschlägt
sporting girl (engl.). sportliches Mädchen
Kasten (österr.). Schrank
43 *Pudding à la merveille, fromage et fruits divers* (franz.). köstlicher Pudding, verschiedener Käse und Früchte
44 *Malheur*. Unglück, Missgeschick
Vicomte. französischer Adelstitel
Don Juan. Figur aus der spanischen Literatur; Bezeichnung für einen Verführer, Frauenheld
Monocle (franz.). Monokel. „Einglas", das nur durch die Muskulatur der Augenlider gehalten wird
Fauteuil (franz.). Lehnsessel
Illustrated News … Vie parisienne. Zeitgenössische Mode- und Gesellschaftsmagazine
Tizian. der italienische Maler Tiziano Vecellio (1477–1576)
Verveine (franz.: Eisenkraut). ein Parfum
45 *Nachtkastel*. Nachttisch
„Notre Coeur". Roman von Guy de Maupassant, erschienen 1890
48 *Dispositionen*. Pläne
Zivilsache. von einem Zivilgericht zu entscheidende Streitfrage, im Gegensatz zu einer Strafsache
49 *Bagatelle*. unbedeutende Kleinigkeit.
52 *Burgtheater*. Österreichisches Nationaltheater in Wien
53 *Je vous désire* (franz.). Ich begehre Sie.
57 *Frauenzimmer von der Kärntnerstraße*. Prostituierte. Die Kärntnerstraße im Ersten Wiener Bezirk war eine Prostituiertengegend.
58 *Bakkarat* (franz.). Karten-Glücksspiel
Replik. Entgegnung, Erwiderung
Stein. Männerstrafanstalt in Niederösterreich
Nähterin. Näherin
wenn man noch auf ihn reflektiert. wenn man ihn noch in Erwägung zieht
Die Kinder des Sträflings! Roman von Temme in drei Bänden.

Der Roman von Jodocus Donatus Hubertus Temme (1798–1881) erschien unter dem Titel „Die Kinder der Sünde“.
Warsdorf ... Burin ... Wertheimstein. Bankhäuser in Wien
Schwurgericht. für besonders schwere Strafen zuständige Strafkammer, die mit hauptamtlichen Richtern und Schöffen besetzt ist
Kerker. hier: Freiheitsstrafe
vis-à-vis. gegenüber

59 *Havannazigarre.* Zigarre aus feinem kubanischen Tabak
Intervention. a) Vermittlung; b) Ehreneintritt zum Schutze eines Schuldners
Table d'hôte (franz.). (gemeinsame) Speisetafel im Hotel

60 *Kameliendame.* „Die Kameliendame“, Roman und Drama von Alexandre Dumas Fils (1824–1895)
Salon. elegant eingerichteter, größerer Raum für besondere Anlässe in einem Hotel, auf einem Schiff usw.

64 *Flakons.* Parfumfläschchen
Indiskretion. Mangel an Verschwiegenheit

65 *Chansonette.* Chansonsängerin
defraudieren. betrügen, unterschlagen

66 *Kontrakt.* Vertrag

68 *Depesche.* Telegramm
Bureau (franz.). Büro
Plafond (franz.). Zimmerdecke

76 *Schumann? Ja, Karneval.* Carnaval: poetischer Musikzyklus für Klavier von Robert Schumann

77 *heuer.* dieses Jahr
Sukkurs. Unterstützung, Beistand
Viktoria (lat.). Sieg (als Ausruf)

78 *Diwan.* niedriges Sofa

80 *Plaid* (engl.). (Reise-)Decke, wollenes Umhangtuch

83 *Gardedame.* Anstandsdame
Bozen. Hauptstadt der norditalienischen Region Trentino/Südtirol

86 *Skalen.* Tonleitern
Enchanté, Monsieur (franz.). Sehr erfreut, mein Herr.

Zur Textgestaltung

Die Texte basieren auf der Ausgabe der „Gesammelten Werke“ Arthur Schnitzlers, Band 2, „Die Erzählenden Schriften“, die 1961 im S. Fischer Verlag, Frankfurt am Main, erschienen ist. Die Texte wurden den neuen amtlichen Rechtschreibregeln behutsam angepasst.